狄德罗

02

作品集

DENIS

DIDEROT

拉摩的侄儿

LE NEVEU DE RAMEAU

德尼 · 狄德罗 ———— 著 袁树仁 吴达元 ———— 译 罗芃 ———— 主编

上海译文出版社

目　录

拉摩的侄儿

袁树仁/译

生于维尔图努斯发怒之时。①

——贺拉斯

① Vertumnus，古罗马神话中掌管四季变化的神。这句话的意思是“因命运多舛而性情反复无常”。

天气好也罢，坏也罢，每天傍晚五点钟光景，到王宫①广场花园去散步，在我已成习惯。人们会看见，有一个人总是孤孤单单地坐在阿让松小径的长椅上沉思默想，这个人就是我。我在心中与自己交谈，讨论政治、爱情、格调或哲学，任我的思想自由驰骋。一个念头浮上脑际，不管是明智还是愚蠢，我都任凭自己的思路发展下去。这种情形，恰如人们在福阿小径上所见到的浪荡青年：一个举止轻浮、笑容满面、双眼滴溜溜地转、鼻孔朝天的妓女走过来，小伙子们立即追随而去。转眼间，他们又甩下这个去追那个。这些人见到女人就进攻，却一个也不爱恋。我的思想，就像我说的这些妓女一般。逢到天气

① Palais-Royal，巴黎著名古建筑群，内有很多花园，始建于十七世纪，初为黎塞留红衣主教居所，后为奥尔良公爵宅邸。此后向公众开放。

太冷或者雨下得太大，我就躲进摄政咖啡馆[①]，以观看别人下棋为消遣。巴黎是全世界棋下得最高明的地方，而摄政咖啡馆则是全巴黎棋下得最高明的地方。高深莫测的勒加尔[②]，机敏细致的菲利多尔[③]和稳扎稳打的梅欧[④]，都来这里厮杀。在这里可以看到最惊人的棋艺，也可以听到最粗野的话语。有的人可以像勒加尔那样，既是著名棋手，又才智过人；有的人也可以像福贝尔和梅欧那样，既是著名棋手，又是蠢货。有一天下午，我在摄政咖啡馆，多观棋，少说话，尽量不听别人说些什么。这时，有一个人上前与我攀谈。上帝使我们这个国度里各种怪物应有尽有，这个人便是一位最稀奇古怪的人物。他是高尚和卑下、理智和不理智的混合物。在他的头脑里，正直与不正直这两种概念，肯定莫名其妙地相互混淆。当他将天性赋予他的优秀品质表露出来时并无炫耀之意，而将从天性获得的恶劣品质表现出来时，亦无羞耻之心。此外，他禀有坚强的体魄，极其丰富的想象力，嗓音洪亮，实属罕见。万一你遇到了他，又没有注意到他这一不同寻常的地方，那你一定会要么用手指堵住耳朵，要么拔腿逃走！哎呀，他的嗓门真是大得不得

① Café de la Régence，建于一七一八年，位于王宫广场，是狄德罗经常光顾的地方。

② Kermur de Legal（1702—1792），法国著名棋手。

③ François-André Danican Philidor（1726—1795），法国著名棋手、作曲家，是狄德罗的好友。

④ 梅欧（Mayot）与下文的福贝尔（Faubert），生卒年不详，梅欧或为外科医生。

了！他的外表此时彼时差异悬殊。他有时瘦削憔悴，像个三期肺病患者，仿佛两腮都透亮，能数得出他嘴里有几颗牙齿来。那样子简直就像几天没吃饭，或者刚从特拉普修道院出来。再过一个月，他又变得肥肥胖胖，好像一直不曾离开过哪一位金融巨头的餐桌，或者给关进了圣伯尔纳铎修道院。今天，他衬衣肮脏，裤子撕破，一身褴褛，几乎不穿鞋，低着脑袋走路，避开别人。见他这副模样，你真想叫住他，给他一点施舍。可是明天，他又面扑香粉，穿着皮鞋，一头鬈发，衣着华丽，昂首阔步，神气十足，你几乎要将他当成一位体面的绅士。他得过且过，时而忧愁，时而快活，视境遇而定。他早晨起来第一件心事，是要知道在何处用午饭；午饭过后，他就考虑到什么地方去用晚餐。黑夜降临也给他带来焦虑不安。他住一间阁楼，只要女房东没有因为等他交房租等得不耐烦而将他的房门钥匙收回，他就步行回到小阁楼去。不然的话，他就只好转到城关的小酒店去，面对一块面包、一升啤酒等待天明。有时他口袋里连六个苏①也没有，小酒店也不能进。这时他要么求助于他朋友的马车，要么求助于某位贵族大老爷的车夫，请车夫允许他睡在马匹旁边，以麦草为床。第二天早晨起来，他的床垫仍有一部分沾在头发上。如果是天气暖和的季节，他就整夜在皇后林荫大道或香榭丽舍大街踱来踱去。天亮了，他又在城

① 法国旧币的最小单位，相当于二十分之一里弗尔。

中出现，头天的衣服穿到第二天，有时又从第二天穿到一星期末了。我并不欣赏这种怪人。有人愿和这种怪人交往，成了他们的熟人，甚至朋友。我与这些人相遇，一年里大概有一次能令我瞩目，这是因为他们的性格与别人迥然不同，也因为我们的教育、社会习俗、惯用的礼节导致了什么都是千篇一律、单调乏味，他们倒是打破了这种单调的缘故。一个圈子里出现了一个这样的人，他就是一粒酵母，他会发酵，会使每个人恢复一部分自然个性。这种人使你震动，使你不安，令你表示赞同或谴责，使得真理脱颖而出，叫你认识善良正直的人，也揭露了恶棍的真实面目。只有这时，有理性的人才能倾诉和分辨他周围的人。

这个人，我认识他已经很久了。有一家人十分赏识他的才能，向他敞开了大门，他常常登门拜访。这家人家有一个独生女，他在这女孩的父母面前起誓发愿，非要娶那女儿为妻不可。父母耸耸肩膀，对他嗤之以鼻，当面说他是发了疯。这件事发生时，我就在现场。他向我借过几个埃居，我也就送给他了。后来，他不知道用什么办法，竟然挤进了几户体面人家，在那里做食客。不过有一个条件，就是得不到允许不能插嘴。他默默无语，恶狠狠地吃饭。他那副受拘束的模样，真是精彩好看！若是他兴之所至，破坏了约法，开起口来，一语未竟，满座便高叫起来："哎呀，拉摩，你怎么搞的！"于是，他眼中迸射出狂怒的火花，更加凶狠地继续吃下去。看到这里，你一定早已迫不及待，想知道此人姓甚名谁了。好，你马上就会知晓。一百多年来，我们念经一般哼唱吕利[①]的宗教曲调。后来，我们自己有一位著名的音乐家，叫拉摩[②]，使我们摆脱了这种圣歌式的调子。在乐理方面，拉摩写了许多著作，其见解令人费解，阐述的道理十分隐晦，无论是他自己，还是别人，恐怕没有一个理解得了。拉摩为我们创作了一些歌剧，剧中有和声，有短歌，有不连贯的思想，有高声喧哗，有飞跃，有凯旋，有投枪，有卓著的军功，有喃喃的低语，有令人喘不过气来的胜利，也有将永世流传的舞曲。他埋葬了那个佛罗伦萨人[③]，但他自己也将断送在意大利的名家高手手里。他预感到这一命运，因此郁郁寡欢、痛苦忧伤、性情乖戾。一个文人，人尚未亡名望已去，马里沃[④]和小克雷比庸[⑤]便是例证。面临这样的危险，确实心情不能再坏了。恐怕一个标致的女子，起床时忽然发现自己鼻子上长了一个疙瘩，心情也不至于如此吧？好，我们面前的这个人，就是上面这位著名音乐家的侄子。

他上前与我攀谈起来……

---

① Jean-Baptiste Lully（1633—1687），佛罗伦萨音乐家，在法国国王路易十四的宫廷中曾备受宠爱。

② Jean-Philippe Rameau（1683—1764），又译拉莫，法国作曲家、音乐理论家。

③ 指吕利。

④ Pierre de Marivaux（1688—1763），法国古典喜剧作家。

⑤ 指克洛德·克雷比庸（Claude Crébillon，1707—1777），法国小说作者，其作品流于色情。

他：啊！啊！哲学家先生，你也在这里呀！你钻到这帮懒虫堆里干什么呢？难道你也来推木头块[1]浪费时间么？

我：我不下棋。不过，没什么更合适的事好做的时候，谁推得精彩，我就观看一会儿，作为消遣。

他：这么说，你是难得消遣一次了。除了勒加尔和菲利多尔以外，别人都是一窍不通。

我：那德·比西[2]先生怎样呢？

他：他在棋手中的水平，也就相当于克莱蓉[3]小姐在演员中的水平。凡是从这两种技艺中能学到的东西，他们俩人也都会。

我：你真够挑剔的。看得出来，只有无与伦比的人才能得到你的称赞。

他：对了，在象棋、跳棋、诗歌、辩论、音乐以及诸如此类的琐事上，我都是如此。在这些方面，庸才有什么用呢？

我：确实用处不大，我也同意。不过，必须有大批的人搞这些东西，才能涌现天才。从大批群众之中，才会产生某个天才人物。好，咱们不谈这个。我好长时间没看见你了。不见你的时候，倒也不常想起你，可是跟你见了面，我总是很高兴。

---

① 指下国际象棋。

② Comte de Bissy（1721—1810），法国剧作家，法兰西学院院士。

③ Clairon（1723—1803），法国著名女演员，在古典戏剧中扮演主角前后长达二十五年，她也扮演过马里沃戏剧作品中的主角。

你这一向做些什么呢?

他：你、别人做什么，我也做什么：做点好事，做点坏事，什么也不干。还有，我肚子饿了，遇到适当的机会就吃。饭后我口渴了，有时也喝点酒。这期间，我的胡子也在长。胡子长出来了，我就刮掉。

我：这你可就错了。就差这一样，你就是圣贤了。

他：对呀！我的前额很高，又多皱纹，目光炯炯，鼻梁高耸，面颊肥大，眉毛浓黑，唇缘大口，面孔方方正正。若是这宽下颌上再长一把长髯，那铸成铜像或雕成大理石像大概是很漂亮的，你知道么?

我：恺撒，马可·奥勒留，苏格拉底，再下来就是你了。

他：不，不，不，我在第欧根尼①和芙里尼②之间大概更合适。我像第欧根尼一样厚颜无耻，又喜欢与芙里尼这类人交往。

我：你身体一直很好么?

他：平时很好，不过今天不大好。

我：怎么可能呢?看你现在，肚子大得跟西勒努斯③似的，面孔也……

---

① Diogenes（前 412 —前 324），古希腊犬儒学派哲学家。

② Phryne，公元前四世纪的古希腊交际花。

③ Silenus，古希腊神话中职司森林的神之一，常被描绘成塌鼻子、大肚子的老头。

他：光看这张脸，人家说不定把我当成西勒努斯的对手了呢！这是因为我亲爱的叔叔心情不好，越来越瘦，倒好像使他亲爱的侄儿长胖了。

我：对啦，说起这位叔叔，你有时看见他么？

他：看见，看见他在街上走。

我：他一点好处也不给你么？

他：他若是给谁点好处，那肯定是在自己根本料想不到的情况下干出来的。他是特种哲学家。他只想到自己，世界上其他的一切对他来说，犹如一颗弯钉子，一钱不值。他的女儿，他的老婆，什么时候不想活，尽管死好了，只要本区教堂为她们敲的丧钟继续回响的是十二度音程和十七度音程，那就万事如意，他就心满意足了。这正是我特别佩服天才人物的地方。他们只会一件事，除此之外，他们什么也不会。他们不懂得怎样做一个公民、父亲、母亲、兄弟、亲戚和朋友。不瞒你说，倒是哪一点上都应该像他们，但是绝不应该希望所有的人都是这号人。人是应该有的，但不应该有天才人物。老实说，根本就不应该有什么天才。正是这些人要改变地球的面貌。可是从每一件最细小的事情，都可见其荒谬愚蠢之处，这是普遍现象，力量又那么强大，不大叫大嚷，根本就改革不了。他们的设想，有一部分已经成为现实，有一部分仍然与以前一样原封未动。于是便出现了一套小丑服、两本福音书的情形。拉伯雷笔下的修士那么明智，使他自己和别人都得到安宁，那才叫真正的明智：马马虎虎尽自己的义务，总是说修道院院长的好话；至于世界嘛，爱怎么样就怎么样，随它去好了。既然芸芸众生都感到满意，情况就是不错。可惜我不懂历史，否则我要给你证明，这人世间的不幸，一向是某个天才人物带来的。可我不懂历史，因为我什么也不懂。我什么也学不会！可是，倒也没有因为什么也学不会就更加倒霉！见它的鬼去吧！有一天，我在国王手下一位大臣家里用餐。这个人，很有头脑，一个顶好几个。嗳，他就像一加一等于二那么清清楚楚地给我们证明，对于百姓来说，没有什么比谎言更有用，没有什么比真理更有害。他的论据我记不清了。不过，很显然，从中必然得到这样的结论：天才人物可憎可恶。若是一个婴儿出世的时候，额头上就带着这种危险天赋的标记，那就应该要么把他闷死，要么把他扔进水里淹死。

我：说这话的人那么敌视天才，可是他们每个人都自认为颇有天才呢！

他：他们心里这么想，我倒相信；可是我不相信他们敢于公开这么承认。

我：那是谦虚。那么，你对天才是极度仇恨的了。

他：对，我永不反悔。

我：可是有一阵我见你也颇为自己仅仅是个凡人而悲观失望哩！若是肯定和否定都使你苦恼，那你就永远也不会快乐了。必须作出决断，然后信守不移。天才一般说来都有些怪，或者正如俗话所说，“无智不癫狂”，在这一点上，我不得不同意你的意见。尽管如此，人们对天才仍然惊叹折服。一个时代若是没有产生任何天才，人们是看不起这个时代的。天才生活在哪个民族中，就会给哪个民族增光。迟早会给他们树碑立传，将他们看成造福人类的功臣。你刚才对我提到的那位聪明的大臣，叫他不高兴好了！我认为，谎言即使一时可以有用，从长远来说，它必然是有害的；相反，虽然真理可能一时有害，从长远来说，它必然是有益的。所以，我倾向于得出这样的结论：一位天才，纠正了一个普遍的错误，或者传播了一个伟大的真理，他永远是值得我们崇敬的人物。这位人物很可能成为偏见和法律的牺牲品。但是有两种法律：一种是绝对公正的、适用于一切的法律；另一种则是莫名其妙的法律，只是由于盲目无知或临时所需，才通过了这种法律。对于违反这后一种法律的罪人，法律只能使他们蒙受暂时的耻辱。而随着时光的流逝，耻辱会反过来落在法官和民族的头上，并使这些人永远不得翻身。苏格拉底和判处他服毒自尽的法官，时至今日，是谁声名扫地呢？

他：那苏格拉底又占什么便宜了呢？难道因此他就被从轻发落了么？难道因此他就不被处死了么？难道因此他就不是犯法作乱的公民了么？他蔑视不正当的法律，难道这不又鼓励了那些疯子去蔑视正当的法律么？难道因此他就不是胆大妄为、稀奇古怪的家伙了么？你刚才这一番话，倒快要承认天才没有用了呢！

我：亲爱的朋友，你听我说。一个社会本来就不该有不正当的法律。如果社会只有正当的法律，就永远不会发生迫害天才的事件了。我并没有对你说，天才必与邪恶密切相连不可分，或者邪恶必与天才密切相连不可分。与一个聪明人相比，一个愚蠢的人常常心眼更坏。如果说一个天才常常难以相处，性喜挑剔，容易动怒，叫人难以忍受，甚至心眼很坏，从这里你应该得出什么结论呢？

他：就该把他淹死。

我：亲爱的朋友，你不要激动。这事，你告诉我吧，我绝不拿你叔父当例子。他冷酷、粗暴、无情、吝啬，他是不称职的父亲、不称职的丈夫、不称职的叔父。可是，他是不是天才，他在艺术上是否大有发展，十年以后他的作品是否还站得住，这都还没有完全定局。可是拉辛[①]呢？他无疑是有天才的，可是人家却说他人品不大好。还有伏尔泰，又怎么样呢？

他：你不要激我，我的立场可是一贯的。

我：我们把两个方面分开来说：一个拉辛是好人，像布里阿松[②]一样与他的柜台结为一体，或者像巴尔比哀[③]一样与他的量尺寸步不离；他是一个好丈夫，每年照例让他的老婆生一

① Jean Racine（1639—1699），法国剧作家。
② Antoine-Claude Briasson（1700—1775），《百科全书》的经销人之一。
③ Barbier，生卒年不详，是当时巴黎的一个丝绸商人。

个合法子女；他是一个好父亲、好叔父、好邻居、正直的商人，但也不过如此而已。还有一个拉辛，狡猾奸诈、背信弃义、野心勃勃、争风吃醋、心地恶毒，却创作了《安德洛玛刻》《布里塔尼居斯》《伊菲革涅亚》《费德尔》《阿达莉》。这两个拉辛，你更喜欢哪一个呢？

他：说老实话，这两个拉辛当中，对他自己来说，他如果是头一个，可能更好一些。

我：确实如此。太正确了，你自己都想不到的那么正确！

他：哎呀！你们这些人，原来是这样！我们若是说了几句合情合理的话，就仿佛是狂人受了神示一般，纯属偶然。只有你们才知道自己说话的分量。对了，哲学家先生，我也知道自己说话的分量，我的话也像你的话一样有分量啊！

我：看你说的！那好，为什么要说“对他自己来说”呢？

他：这是因为，他创作的全部杰作，才拿了不到两万法郎。可他若是圣德尼大街或圣奥诺雷大街上殷实的丝绸商人，或者是殷实的杂货批发商，生意兴隆的药房老板之类，早就积聚了万贯家财了；而且一面发财，一面尽情享乐；他会不时地将一枚金币送给像我这样一贫如洗的小丑；这小丑会逗他发笑，有时也会为他寻个年轻姑娘，给他同太太永久同居的单调生活解解闷；我们会上他家吃上等大菜，下大赌注赌钱，喝上等红酒、上等烈酒、上等咖啡，到乡间去游玩。你看，我的话很有点分量吧！你笑起来了。让我说好了！说不定这样他对周围的人态度还会好些。

我：这我不反对。不过，但愿他不要将合法营业赚来的钱财用到不正当的地方去；但愿他把那帮赌徒、食客、乏味的阿谀奉承之徒、游手好闲之流、心怀叵测的废物，统统从家里赶出去！丈夫与自己老婆住在一起，惯常会感到厌倦，于是就有无事生非的人前来，要用变变花样的办法来给他们消愁解闷。对这种无事生非的家伙，但愿他能叫他的伙计操起棍子将这种人痛打一顿！

他：痛打！先生，要痛打，那还了得！在一座高度文明的城市里，是不能痛打任何人的！何况干这种事是正当职业。好多人，甚至有贵族头衔的人，也参与其中呢！有钱若是不用在吃喝嫖赌、各种各样的享乐上，那你想让人家怎么用呢？真见鬼！如果空有大量家财，这些享受却一样没有捞到，那我倒宁愿当乞丐了。不过咱们还是言归正传，回到拉辛身上来吧！我认为，只有对于不认识他的人，对于他死后的时代，他才是好人。

我：这我同意。可是你权衡一下得失吧！一千年以后，他的剧作依然催人泪下；他将在地球上每一块国土上受到人们的赞美；他还会激起人们的同情心、怜悯心和千种柔情。人们要问他是谁，他是哪国人，人们要羡慕法兰西产生了这样一位了不起的人。他曾经使少数几个人感到痛苦，可是这些人早已不在人世，我们对这些人也几乎没有任何兴趣。他的恶习、他的缺点，我们也一点用不着为此担心。若是他从自然同时秉承了好人的善良品德与伟人的才能，那当然再好也不过了。他好比一株参天大树：大树使栽种在附近的几棵树枯萎，欺死了生长在自己脚下的花草，但是，树冠耸入云端，枝叶远远伸展开去。对于来到这株大树苍劲挺拔的躯干周围歇息的人们，无论过去、现在还是将来，大树都奉献出自己的浓荫。这株树结出了甘甜味美的果实，并且年年岁岁永远如斯。我们当然希望伏尔泰具有杜克洛①那样温和的性格，特吕勃莱教士②那样的质朴坦率，奥里维教士③那样的公正爽直。不过，既然这是不可能的，那我们还是从真正有益的角度来看问题吧！我们自己在空间中和时间上所占的这一点，让我们暂时把它忘却！把我们的视野扩大，看到未来的世纪、最遥远的地区和尚未出世的人吧！为我们同类的幸福着想吧！即使我们自己不够宽宏大量，可是自然比我们更豁达，至少我们应该谅解这一点。如果你们往格勒兹④头上泼冷水，说不定在扑灭他的虚荣心的同时，也使他的天才黯淡无光了。如果你们要叫伏尔泰对他人的批评不

---

① Charles Pinot Duclos（1704—1772），法国历史学家、伦理学家。狄德罗这里在说反话，因为杜克洛实际上性情粗暴。

② Abbé Trublet（1697—1770），法国教士、伦理学家。狄德罗这里也在说反话，因为特吕勃莱诡计多端。

③ Abbé d'Olivet（1682—1768），法国翻译家、语法学家。狄德罗这里是讽刺奥里维不正直。

④ Jean-Baptiste Greuze（1725—1805），法国画家，长于风俗画及人像。

那么敏感，他也就再也不能进入梅罗珀[①]的灵魂深处，他也就再不能感动你了。

他：既然自然的力量这样强大，又这样豁达，既然能将他们造成伟大的人物，那为什么不把他们造成善良的人呢？

我：照你这样推理，岂不要把事物的一般秩序全部推翻？如果这人世间的一切都完美无缺，就等于没有什么东西是完美无缺的了。你懂吗？

他：你说得很对。你和我都存在，我们就是你和我。这才是关键所在。此外的一切，随它怎样吧！在我看来，最好的秩序，乃是必须我在其中的秩序；如果我不在其中，再完美无缺的世界，也是见鬼！我觉得，存在，甚至做一个话不得体的空想家，也总比不存在强。

我：没有一个人不像你这么想，没有一个人不谴责现存的秩序。可是他们没有发现，这样想，这样做，实际上是抛弃了自己的存在。

他：确实。

我：所以，还是承认事物的本来面目吧！看看这些事物给我们造成的得与失。对宇宙万物，我们还了解得不够，不能任意褒贬。说不定正像许多正直的人设想的那样，必要时，它是既不好也不坏的呢！

---

① Mérope，伏尔泰所著同名悲剧中的女主人公。

他：你这一席话，我不大理解，看来这是哲学。我可要事先告诉你，我是不掺和哲学的。我只知道一件事，就是我很希望自己是个别的样子，甚至凑巧是个天才，是个伟大人物。对，我必须承认，在这个问题上，有些事真叫我这么想。每次我听到称赞什么人，那赞美之辞就没有一次不使我暗暗气愤的。我生性妒忌。有人告诉我他们的私生活中有件什么事，一传扬开去就可以使他们声名狼藉时，我简直听得津津有味。这样我们之间的距离就缩小了，我就能更心平气和地忍受自己的默默无闻。我心想：当然，你永远也写不出《穆罕默德》[①]来；可是你也永远不会赞扬莫布[②]。我过去、现在都为自己默默无闻而感到恼火。对，对，我既默默无闻，又很恼火。每当我听到演奏《多情的印度女郎》序曲的时候，每当我听到演唱《德那尔的深渊》《夜，永恒的夜》[③] 的时候，都不无痛苦地自言自语道："这些东西，你永远也创作不出来！"所以我很忌妒我的叔叔。若是他去世的时候，在他的夹子里留下几首优美的大键琴曲，那我肯定毫不犹豫地不再做我，而去做他了！[④]

我：如果使你忧心忡忡的就是这个，那倒大可不必。

他：这也没什么，无非一会儿就过去了。

---

① 全名《穆罕默德或狂热主义》，为伏尔泰所作悲剧，曾于一七四二年八月上演。

② René-Nicolas de Maupeou（1714—1792），法国司法大臣。一七七一年他提出改革司法制度的法令，遭到许多人反对。伏尔泰曾在《穆罕默德》中为他辩护。

③ 这些都是音乐家拉摩的作品。

④ 意为将那些作品据为己有。

他开始唱起《多情的印度女郎》序曲和《深渊》的曲调，补充道：

他：这音乐里面有点什么东西与我相通，仿佛在说：拉摩，你多么希望这两首曲子是你作的；若是你能作出这两首曲子，你也一定还能作出两首别的曲子；等你作出一定数量的曲子以后，就会有人到处演奏和演唱你的作品，你就会昂首阔步，你会意识到自己的价值。别人也会拿手指头指点着你，说："他就是作出了那些美妙的加沃特舞曲的人。"（说到这里，他哼起那些舞曲来。然后，他摆出一个人深受感动、沉醉在快乐之中并因此而热泪盈眶的样子，搓着手，补充道）你会有一幢漂亮的房子（用手臂比划着房子的大小），一张舒适的床（作出懒洋洋躺在床上的样子），上等好酒（舌头贴住上颚啧啧有声，似乎在品尝美酒），金碧辉煌的马车（抬起脚来登车欲去），漂亮的女人（作出已经将女人搂在怀里，淫荡地凝望着她的姿态）；每天有上百的无赖来阿谀奉承我。（他似乎看见这些人就在自己身边。他看见了巴里索，布万西奈，弗勒龙父子，拉波尔特[1]。他仿佛在听他们讲话，自己则一副趾高气扬的模样。他时而赞成他们的观点，对他们微微一笑；时而厌恶他们，蔑视他们；时而将他们赶走；时而又将他们召回。然后他继续说道）就这样，早上起来，有人会对你说，你是一个

[1] 此五人都是著名作家和记者，反对百科全书派。

伟人；白天你在《三个世纪》[①] 中会读到，你是一个伟人；到了晚上，对你是伟人这一点，你就会深信不疑。这个伟人，拉摩的侄儿，软绵绵、甜蜜蜜的赞美之辞在耳际回响，进入了梦乡；就算睡着了，也是一副心满意足的模样：胸脯舒张，一起一伏，不紧不慢，像一个大人物一样鼾声大作……

他一边说着，一边任自己懒洋洋地躺在一张长凳上。他闭上双眼，模拟着自己设想的安睡神态。他品味了一会儿这甜蜜的休憩，然后醒过来，伸伸胳膊，打个呵欠，揉揉眼睛，还四下寻找那些无聊的马屁精。

我：那么，你是相信一个幸运儿睡起觉来也与众不同喽？

他：那还用问吗？我这个穷光蛋，夜里回到我的小阁楼，爬上破床，钻进被窝的时候，我胸口发闷，呼吸困难，只能发出微弱的如叹息一般的鼾声，别人几乎听不见。可是一位金融家鼾声大作，则会使整座房屋打颤，使整整一条街惊讶不已呢！不过，今天叫我心里难受的事，倒还不是像穷光蛋那样可怜巴巴地打鼾、睡觉。

我：那毕竟也是挺惨的。

他：我碰到的事，比那更要惨得多哩！

我：是什么事呢？

他：你对我一直有些好感，因为我是一个老实人。你内心

① 指萨巴蒂耶·德·卡斯特尔所著《三个世纪的法国文学史》。

深处当然看不起我，不过我还能给你开开心。

我：这倒是真话。

他：那我就告诉你吧！

开始讲以前，他深深叹了一口气，双手撑住额头。后来，他又恢复了平静的表情，对我说道：

他：我是个无知的人，傻瓜、小丑、莽汉、懒虫，是勃艮第人所谓地地道道的懒鬼、食客、馋鬼，这你知道……

我：瞧你这一大套赞美词！

他：这都确确实实，一个字也减不下去。在这个问题上，请你不要辩驳了。没有谁比我自己更了解我自己。我还没说全呢！

我：我不想使你不快，什么都顺着你好了。

他：那好。正是因为我具备上述一切品质，而且达到罕见的程度，有些人才接纳了我，我也得以与他们在一起鬼混。

我：这倒奇了！直到现在，我一直以为，这些品质，如果在自己身上，人们要么将其遮掩起来，要么找出些理由原谅自己；如果在别人身上，人们则会嗤之以鼻。

他：遮掩起来？你说得倒轻巧，能做到么？巴里索一人独处、躬身自省的时候，他心里肯定不这么想，你放心好了！他与他的同僚[①]两人单独相对的时候，他们也会坦率地承认，他

① 指弗勒龙或布万西奈。

们无非是一对无独有偶的恶棍。你说对别人身上的这些品质嗤之以鼻，根本不可能！我那些朋友倒还比较公平，他们这种性格使我跟他们在一起混得如鱼得水。我那时简直跟个公子哥一般。人们对我热烈欢迎，盛情款待。一会儿看不见我，就想念我。他们管我叫小拉摩、傻拉摩、狂拉摩、莽拉摩、蠢拉摩、懒拉摩、馋拉摩、小丑拉摩、大傻瓜拉摩。这些亲昵的形容词，每次使用时都伴以微微一笑，抚摩一下，拍一下肩膀，打一个耳光，踢上一脚，在餐桌上往我的盘子里扔一块好肉，不吃饭时就对我随意耍笑。我也不当回事，因为我这个人本来就无足轻重。对我，和我一起，在我面前，人们可以为所欲为，无论怎样，我都不生气。嘿！送给我的小小馈赠，那简直美不胜收！可我这个笨蛋，现在失去了这一切！我之所以失去了这一切，就是因为有一次，而且是有生以来惟一的一次，我合乎常情地说了一句话。唉！碰上这种事情，可真倒霉透了！

我：到底是怎么回事呢？

他：一件愚不可及、不可思议、无法原谅的蠢事。

我：什么蠢事？

他：拉摩啊，拉摩！难道款待你是为了让你干这个的么？蠢就蠢在有点鉴赏力、有点机敏、有点理智。拉摩，我的朋友，这回可该教训教训你，上帝将你造就成什么样子，你的保护人希望你什么样子，你就应该老老实实地老是那个样子！你不老实，所以人家就揪住你的肩膀，把你赶出门外。人家对你说："臭无赖，滚吧，再别上这儿来！"我看，有理性、有理智，就该落得这个下场！"滚开！像你这种东西，我们有的是！"你后悔不已，咬着手指头，灰溜溜地走开。你早干什么来着？你应该早点咬住自己该死的舌头啊！你现在流落街头，一筹莫展，就是因为你不谨慎！你从前想吃什么就有什么，现在又得回到向穷人卖残羹剩饭的老地方去！你从前住得很舒服，现在若是把小阁楼还给你，你都要喜出望外了！你从前睡得很惬意，现在等待你的，是德·苏比兹大老爷的马棚[1]和朋友洛贝[2]的麦草。你以前甜美安静地呼呼大睡，现在你将一只耳朵听到马匹的嘶叫和马蹄踩地的声响，另一只耳朵听着枯燥无味、生硬、狗屁不通的诗句[3]，比前者更加千倍地难以忍受。你这个倒霉蛋！冒失鬼！百万魔鬼附体的家伙！

我：可是就没有办法再跟他们言归于好吗？你犯下的过失就那么不可原谅么？我若是处在你的地位，我就再去找这些人。恐怕他们需要你的程度，你自己都想不到呢！

他：嘀！我敢肯定，没有我逗他们发笑，他们现在像狗一样寂寞烦闷呢！

我：那我就去找他们。我要叫他们一时一刻都离不开我，我要叫他们没有工夫转到什么高尚的消遣上去。谁知道会发生

---

① 德·苏比兹的马棚当时常常接待贫苦人。
② 洛贝是当时一个蹩脚文人，生卒年不详。
③ 此处当指洛贝关于梅毒的诗。

什么事呢？

他：我怕的倒不是这个。这种事是不会发生的。

我：不管你怎样出类拔萃，别人都可能会顶替你呀！

他：那可不容易。

我：这我同意。不过我去的时候，就这么去，面容委顿、双目失神、领口敞开、头发蓬乱，就像你现在这副惨状。我要拜倒在女神的脚下，面孔贴在地上，一直不起，用低沉、呜咽的声音对她说："饶恕我吧，夫人！饶恕我吧！我是一个无耻之徒。那一瞬间真是阴错阳差。我根本不应该按什么常理办事，这你知道。我向你保证，这一辈子再也不干这种事了。"

有趣的是，当我讲这通话的时候，他在跟我演哑剧。他跪倒在地，面孔贴在地上，似乎两只手中握着一只拖鞋的尖尖；他哭哭啼啼、呜呜咽咽，说道："真的，我的娇女王，我向你保证，这一辈子再也不干这种事了，一辈子！"后来他突然站起身来，以严肃、深沉的口吻继续说道：

他：对，你说得很对。我想这是上策。她心地善良。维埃亚尔先生说，她心地特别善良！我呢，对此也知道一些。不过，要我在这个丑八怪面前低三下四，我可不干！这么个卑贱蹩脚的小戏子，剧院楼下正座不断喝倒彩的女戏子，要我拜倒在她脚下乞求宽宏大量，我才不干呢！我是拉摩！是第戎[1]药

---

① Dijon，法国城市，位于巴黎东南。

房老板拉摩老爷的儿子！拉摩老爷是个堂堂正正的人，从来不曾在任何人面前卑躬屈膝过！我是拉摩，是人们称之为伟大拉摩的侄儿。这位伟大的拉摩，自从卡尔蒙戴勒[①]将他画成弯腰驼背、双手背在礼服燕尾下面以后，他在王宫广场花园散步时，人们见他就总是腰板笔直、双臂飞舞了！我自己也曾创作过几首大键琴曲，虽然现在还没有一个人演奏，可是将来说不定就是这几首乐曲使演奏它的人名垂史册呢！我这样的人！哼！总之，像我这样的人，我才不会去呢！……喂，先生，绝对不可能！（他用右手拍拍胸口，补充道）我感到这里有什么东西在往上涌，对我说："拉摩，这种事你绝对不能干！"某种尊严一定与人的本性紧密相连，任何东西都无法扼杀这种尊严。现在，无缘无故地，这种情感苏醒了。确实是无缘无故。因为别的时日，人家要我怎么无耻下流都可以，我根本不在乎。那种时日，为了一个铜板，我甚至会亲吻小胡丝[②]的屁股呢！

我：嘿嘿！朋友，那小胡丝可是肌肤白皙、姿色出众、青春焕发、温柔多情、丰满滚圆哪！这种低三下四的事，就是比你高雅得多的人，有时也会屈尊去干哩！

他：咱们得把意思理解对了：因为所谓亲屁股，有直接意

① Louis de Carmontelle（1717—1806），法国画家、建筑师、雕刻家。
② 喜剧演员，生卒年不详，是拉摩的侄儿的保护人贝尔丹的情人。

义也有引申意义。胖子贝尔日埃[1]既在直接意义上，也在引申意义上亲吻过德·拉马克夫人的屁股，你问问他吧！说老实话，在这种场合下，无论是直接意义还是引申意义，我都很不喜欢。

我：既然我给你出的主意对你不合适，那你就鼓起勇气去当叫化子吧！

他：当叫化子当然很苦，何况世间还有那么些富足的傻瓜，可以依附他们过活。可是自己看不起自己，也是挺难受的。

我：这种感觉你也体会得到吗？

他：这还用问吗！有多少次，我自言自语道：拉摩，巴黎有上万张丰盛的餐桌，每桌十五到二十人进餐。这么多席位，竟然没有一个是给你预备的，你怎么搞的！有许多钱袋，被金币胀得鼓鼓的，不时从左右流淌出来，可是没有一个金币落到你的手里，你怎么搞的！有上千的文人骚客，既无才，又无德；有上千的小女子，并无魅力；有成千的人诡计多端却枯燥乏味。这些人全都衣着华丽，而你却赤身露体跑来跑去，你怎么搞的！你难道就愚蠢到这个地步吗？难道你就不会像别人那样阿谀奉承吗？难道你就不会像别人那样撒谎，起誓发愿，作伪誓，许下诺言，然后也可以履行诺言也可以违背诺言吗？难

① Nicolas Bergier（1718—1790），法国神学家，与狄德罗及百科全书派为敌。

道你就不会像别人那样手脚并用在地上爬行吗？难道你就不会像别人那样为某位夫人与人私通帮点忙，给某位老爷传递情书吗？难道你就不会像别人那样鼓动这位公子与那位小姐搭话，又劝说那位小姐倾听这位公子吐露衷肠吗？难道你就不会暗示我们哪位生意人的女儿，说她的衣着不够得体，若是戴上漂亮的耳环，略施脂粉，来点花边，穿上一件波兰式长袍，那对她是再合适不过了吗？你就不会对她说，她那一双纤足生来就不是在马路上步行的吗？对她说，有一位先生，少年英俊而又富有，穿着镶金边的礼服，坐着华丽的马车，有六个膀大腰圆的随从，有一天过路的时候看见了她，觉得她十分可爱，从那天起就茶饭无味，夜不成眠，说不定就要一命呜呼了。——“那我爸爸呢？”——“对，对，还有你爸爸！一开始他可能有些恼火。”——“那还有我妈妈呢？她对我千叮咛万嘱咐要当个安分守己的姑娘。她对我说，这人世间就数名誉最要紧。”——“这些话不过是老生常谈罢了，毫无意义。”——“那还有听我忏悔的神父呢？”——“你再不要去见他了。若是你非那么任性，要把你的各种消遣都讲给他听，你就要搭上几斤白糖和咖啡。”——“这个人很严厉。因为我唱了《来吧，到我的修室来》那支歌，他已经有一次拒绝宽恕我的罪过了。”——“那是因为你没有什么东西可以送给他……等你穿上镶花边的衣服出现在他面前的时候……”——“这么说，我会有花边了？”——“毫无疑问，而且是各种各样的花边……

当你戴着漂亮的钻石耳环出现在他面前的时候……”——“这么说，我会有漂亮的钻石耳环了?”——“对。”——“跟有时到我家铺子里来买手套的那位侯爵夫人的耳环一样吗?”——“丝毫不差。你还会坐上漂亮的马车，灰色杂有斑点的高头大马，两个大跟班、一个小黑人殿后，一个马夫在前。脸上施着脂粉，贴着亮片，有人托着坠地的裙裾。”——“是去参加舞会么?”——“对，参加舞会……上歌剧院，上喜剧院……”（她的心已经快活得怦怦直跳。你用手指头摆弄着一张纸……）——“那是什么?”——“没什么。”——“好像是什么东西。”——“一封短笺。”——“写给谁的?”——“你这么想知道? 那就是给你的。”——“想知道，我很想知道。给我看看……（她看）见面? 这不行。”——“你借望弥撒的机会去。”——“妈妈总是陪我一块去的。不过，若是他到这里来，早点，倒还可以。我总是第一个起床，别人还没起床时是我站柜台……”他来了，很讨姑娘喜欢。某一天傍晚时分，姑娘逃走了。为这事人家送了我两千埃居……怎么！你有这样的本事，竟然缺面包吃? 倒霉鬼，难道你不害羞么? 我想起，有一大帮恶棍，他们给我当跟班都不配，却家财万贯。我穿着粗布大衣，他们却丝绒裹身，拄着黄金包头、乌鸦喙状的手杖，手指上戴着戒指，刻着亚里士多德或柏拉图的名字。可是这些人从前是些什么玩意? 大部分是穷得要命的蹩脚乐师。可今天，他们成了贵族大老爷了。想到这里，我觉得有了勇气，情绪高涨，才思敏捷，似乎什么都干得出来。可是这样良好的精神状态似乎不能持久。直到如今，我并未能有所前进。不管怎么说，这是我常常进行的内心独白。你可以随意解释其含义，只要得到这样的结论就行：自惭形秽，或者说，苦于上天赋予我们的才能无法施展而忍受内心的折磨，我是体验颇深的。这是最残酷的折磨。人当初就不要生出来，岂不更好？

我倾听着他的自白。随着他步步展开拉皮条的人和他引诱的少女之间那一幕，两种截然不同的冲动激荡着我的心。我不知是该放声大笑，还是大发雷霆。我难过极了。多少次，哈哈大笑止住了我勃然大怒；多少次，我胸中怒气上升，最后却成了哈哈大笑。如此洞察深刻，又如此卑鄙下流；有这么多正确的思想，又有那么多错误思想与之交替出现；那么普遍邪恶的情感，那么彻底的堕落，却又那么罕见的坦率，使我惊讶万分。他发现了我内心的矛盾斗争，对我说道："你怎么啦？"

我：没什么。

他：我看你好像心绪烦乱。

我：是这样。

他：那你要我怎么办呢？

我：我建议换个话题。唉，可怜虫，你是天生就这样下流还是堕落到这种地步的呢？

他：我是很坏。不过，但愿我这种状况不要对你刺激过分。我对你赤诚相见，丝毫没有料想到要使你难过。我在那些人家里，自己有了一点积蓄。你想想看，我那时什么也不需要，绝对不需要任何东西，可是他们给了我那么多闲钱。

于是他又开始用一只手攥成拳头敲打自己的额头，咬嘴唇，迷茫的双眼往天花板上一翻一翻，他补充道："不过这件事已经了结。我有了一些积累。时光流逝过去，也等于多积累了一样东西。"

我：你的意思是说，也等于失去了？

他：不，不，等于积累起来了。人们每时每刻都在发财致富：这一辈子又少了一天，或者又多了一个埃居，二者完全是一回事。关键之处，乃是每天晚上上一趟厕所，从容不迫地、自由自在地、舒舒服服地、相当丰盛地大便一次：o stercus pretiosum![1] 无论你生活状况如何，生命的伟大结果无非如此！不论什么人，到了最后的瞬间，其富有的程度都相同：塞缪尔·伯尔纳[2]大量盗窃、抢掠，使人破产倒闭，临死时留下了两千七百万金币；拉摩什么也不会留下，连给他裹身的粗麻布还要慈善院来提供。无论是伯尔纳也好，还是拉摩也好，到那时他们富有的程度都相同。反正死人听不见敲丧钟。上百的教士为他唱经，搞得声嘶力竭；他身前、身后点燃的火烛排成长列。其实这些都是枉然，他的灵魂并没有走在主祭人的身旁。在大理石石碑下腐烂也好，在泥土下腐烂也好，总归是腐

---

① 拉丁语，啊，宝贵的粪便。

② Samuel Bernard（1651—1739），路易十四及路易十五时代的大金融家。

烂。棺材四周刻着红色和蓝色的孩子们[①]也好，什么人也没有刻也好，又有什么关系？还有，你看看我这手腕吧！以前，这手腕跟魔鬼一般僵硬。这十根手指，简直就像十根木棍装在木头手掌上一般。这些筋腱，简直就是陈旧的肠衣琴弦，比绞盘轮子上用过的缆绳还要干，还要硬，还要难打弯。可是我把这手指头使劲扭、使劲弯、使劲折。你不听话么，好，瞧吧，我就要叫你听话。到头来，也就行了。

他一面说着，一面用右手抓住左手的手指和手腕，使劲向上扳，向下弯。手指尖触着了胳膊，关节咯咯作响。我真怕他要把骨头折断了。

我：当心点，你要把自己弄成残废了。

他：不用担心，这已经习惯了。十年来，我已经叫这些手指头变了模样。尽管这些家伙胆子不小，不听话，可是我叫它们非习惯不可，我要它们非学会在琴键上移动，在琴弦上飘舞不可。现在可以了，对，可以了。

与此同时，他摆出小提琴手的姿态。他哼着洛加泰利[②]的一段快板，右臂模拟着琴弓的运动，左手及手指仿佛沿着琴颈来回移动。有一个音不准，他就停下来，把弦升一升或者降一降；用指甲弹一弹，看看弦到底准了没有。他又从停下来的地

---

① 指小天使的形象。

② Andrea Locatelli（1693—1741），意大利著名作曲家和小提琴家。

方开始，将曲子继续演奏下去。他用脚踏着节拍，头、脚、手、臂、身都晃动着，与你有时在宗教音乐会[1]上所见到的费拉里或夏勃朗[2]，或别的什么乐师一模一样，都是那样浑身扭动，在我面前呈现出同样受罪的样子，使我感到几乎同样的难受。一个专心致志于给我描摹快乐的人，那样折磨自己，岂不让人见了心里难过么？如果他一定要在我面前表现一个犯人受严刑拷问的样子，那就请你在这个人和我之间拉上一道帘幕，将他遮住吧！在拉摩的扭动与呼喊之中，如果出现一个延长音符，也就是琴弓同时在几根弦上徐徐移动的和弦，他的面孔便现出陶醉的神情，他的嗓音变得柔和起来，出神地倾听着自己的演奏。他确信，那音符在他的耳中，也在我的耳中回响。然后，他用刚才握乐器的那只手把小提琴放回左臂下，放下右手和琴弓，对我说道："喂，你觉得我演奏得如何？"

我：精彩极了！

他：我觉得还可以。听起来倒是和别人差不多。

紧接着，他又蹲下了，就像一位音乐家坐在大键琴旁一般。

我：为你好，也为我好，算了吧！

他：不行，不行！既然你落到了我手里，你一定得听我演奏。人们对我表示称赞却不知所以然，我是不要的。你听了以后，会以更肯定的口气称赞我，那就会给我招来个把学生了。

---

① 一七二五年由菲利多尔创办，在杜伊勒里宫演出。

② 费拉里和夏勃朗均为意大利演奏家，生卒年不详。

我：我的交际很有限，你会白白受累的。

他：我从来累不着。

刚才演奏小提琴奏鸣曲已经使他大汗淋漓，我很可怜他。可是我看得出来，我要饶了他也没有用，也就决定随他的便了。于是他坐在大键琴旁，双腿弯曲，抬头望着天花板，仿佛从天花板上他能读到乐谱一般；他唱着，即兴弹出一首前奏曲，继而演奏了阿尔贝蒂①或者是格吕比②的一首乐曲，我说不准到底是哪一位的作品了。他的歌声如清风一般飘过，他的手指在琴键上飞舞，时而抛下高音区，到低音区去演奏；时而离开伴奏部分，又回到高音区。他的脸上各种情感相继出现。柔情、愤怒、欢乐、痛苦，一一可辨；轻奏的乐段和强奏的乐段，感觉分明。我确信，从乐曲的旋律和性质，从他的面部表情和他不时忍不住唱起来的歌曲片断，一个比我精明的人，一定能认出是什么作品来的。最奇怪的是，有时他摸索着，好像弹错了再重来一样，有时手指头没有将曲子记熟，他十分气恼。

他站起身来，擦着沿面颊流淌的汗珠，对我说道："总而言之，你看到了，我们也会插上一个三全音，五度装饰音，属音怎样连贯起来，我们也很熟悉。这些等音乐段，我亲爱的叔叔曾经那样大肆渲染过，也不是什么了不得的东西，我们也对

① Domenico Alberti（1710—1740），意大利歌唱家、作曲家。

② Baldassare Galuppi（1706—1785），威尼斯作曲家，滑稽歌剧创始人。

付得了。”

我：为了让我看看你弹得一手好琴，你真是煞费苦心。其实我是你说了我就信的那种人。

他：一手好琴？啊，谈不上！我这一行的事，我差不多都会，这就已经绰绰有余了。在这个国度，教什么东西，难道自己非会不可吗？

我：只要知道教的那点东西就行了，无需再多。

他：对，见鬼！真是再对也没有了。好，哲学家先生，请你坦率地直截了当地说吧！有一阵，你并不像现在这么有钱。

我：我现在也还不太富裕。

他：可是你夏天到卢森堡公园去，大概再也不……你还记得么？

我：不要说这个了。对，我记得。

他：穿灰色长毛绒的礼服……

我：对，对。

他：礼服有一边已经磨得发亮，袖口破了，黑色的羊毛袜破了，用白线从后面缝补上。

我：对，对，你爱怎么说就怎么说吧！

他：那时你在悲歌小径①上干什么呢？

---

① 卢森堡公园的一条小径，两旁种满法国梧桐，后改名为“弗勒吕斯路”。

我：真是一副狼狈相。

他：出了公园，你就在马路上游荡。

我：是这么回事。

他：你给人家当家庭教师，教数学。

我：可我一个字也不会。你要说的，原来就是这个么？

他：正是。

我：我一面教，一面学，还教出了几个好学生哩！

他：这是可能的。但是音乐与代数或几何不一样。现在你已经成了一位胖绅士……

我：并不怎么胖。

他：家有资财。

我：很少。

他：你给女儿聘请家庭教师。

我：还没有。她的教育问题，现在由她母亲照管。家里需要相安无事①。

他：家里相安无事？天哪，你说得倒轻巧！只有当仆人或主子，才能相安无事。当然要当就得当主子。我曾经有过一个老婆。愿上帝保佑她的灵魂！她有时顶撞我，我就张牙舞爪，大发雷霆。我像上帝一样叫道："掌灯！"灯就点上了。所以在四年时间里，不止十次，我们讲话都是一个比一个嗓门高。你

---

① 暗指自己妻子脾气不好。

的孩子几岁了？

我：这跟我们谈的事毫无关系。

他：说你的孩子几岁了吧！

我：真见鬼！不要谈我的孩子，也不要谈她几岁了吧！我们还是言归正传，谈谈她将来会有什么样的教师吧！

他：天哪！我还真没见过像哲学家这么固执的人！人家低声下气地恳求你，哲学家大老爷是否能够赐教，他家千金大约几岁？

我：假设她八岁好了①。

他：八岁！她本应该练了四年琴了嘛！

我：学那种东西，费时多，用处少。她没有练琴，大概是我不大愿意将这个纳入她的学习计划的缘故。

他：那么，请问，你要教她什么呢？

我：如果可能，我要教她正确地思考。这在男子中已经是很不寻常的事，在女子中就更罕见了。

他：只要她漂亮、招人喜欢、会卖弄风情，随她爱怎么胡思乱想就怎么胡思乱想好了！

我：上天对她相当薄情，赋予她弱不禁风的身体和多愁善感的心灵，可是又要她如同体魄健康、心如铁石的人一样去经受生活的磨难。如果可能的话，我要教她勇敢地承受这些

① 狄德罗的女儿昂热丽克生于一七五三年。

磨难。

他：嘿！只要她漂亮、招人喜欢、会卖弄风情，随她像别的女人一样去哭泣、痛苦、撒娇、心烦意乱好了！怎么，一点也不教她舞蹈么？

我：也就是行屈膝礼、举止端庄、仪容大方、步履合度所必需的而已，再也不多教。

他：一点也不教她唱歌么？

我：也就是发音准确所必需的而已，再也不多教。

他：一点也不教她音乐么？

我：如果有优秀的音乐教师，我倒愿意将孩子托付给他，每天两小时，学上一两年。时间绝不超过此限。

他：你取消了根本的东西，那你教什么取而代之呢？

我：我安排了语法、神话、历史、地理、少许的绘画和很多的道德修养。

他：在我们这样的社会里，这些知识都毫无用处！我简直不费吹灰之力，就能向你证明这一点。我说毫无用处，还是轻的哩！说重点儿，说不定还有危险呢！不过此刻我只想提一个问题：难道她不需要一两位家庭教师吗？

我：当然需要。

他：啊，对啦，我们又说到这上面来了。这些教师，你希望他们都懂得语法、神话、历史、地理、道德修养，并且给你的女儿上这些课么？这才是废话，我亲爱的大师，全是废话。

若是他们对这些东西很懂，懂到能教别人的程度，他们就不教了。

我：那是为什么呢？

他：若是真懂，他们就会花费毕生精力去钻研这些东西了。对艺术和科学，必须理解深刻才能很好地掌握其精髓。只有毕生钻研某一门学问熬白了头发的人，才能很好地写出经典性的著作来。只有到了中途和末尾，始端的朦胧之处才会明朗起来。你的朋友达朗贝尔①先生，是数理科学的泰斗。他是否水平已经太高，教这一门的基础知识就屈才了，你问问他好了！我的叔父也只是在经过三四十年的实践之后，才依稀见到乐理的曙光呢！

这时我情不自禁地大叫起来：“啊，你这个狂人，不能再狂的狂人！在你那不道德的头脑里，和那么多稀奇古怪的想法混在一起的，竟然还有如此正确的思想，这是怎么搞的！”

他：那只有天晓得！不过是偶然的机会使你产生了这些思想，后来也就留在头脑中了。无论如何，另一件事前因怎样，这两件事应该放在什么地位，哪一个应该在先，哪一个放在第二位更相宜，都全然不知。不得其法，怎么能教好呢？就说方法吧，又从何而来呢？喂，你听我说，我的哲学家先生，我有个想法，物理学将始终是一门贫乏的科学，是用针尖从广阔的

---

① Jean Le Rond d'Alembert（1717—1783），法国数学家，《百科全书》的重要撰稿人之一。

大洋中取出的一滴水，也是从阿尔卑斯山脉上分离出的一粒沙。一些物理现象，其道理何在？实际上懂得这么少，这么糊里糊涂，差不多就等于完全无知。刚开始当伴奏和作曲教师的时候，我的情况就恰恰如此。你出神了，想什么呢？

我：我在想，你刚才说的这一席话，与其说有根有据，不如说是夸夸其谈。不过，不要管它吧！你是说，你教过伴奏和作曲？

他：对。

我：而你一点都不会？

他：说老实话，我不会。正因为如此，有的人比我还糟糕，这就是那些自以为懂点什么的人。我至少既不会毁了孩子们的判断能力，也不会毁了孩子们的手。等他们从我这里再转到一个优秀教师手里的时候，至少没什么要遗忘的东西，因为本来就什么也没学会。这也就等于节省了时间，节省了金钱。

我：那你怎么教呢？

他：跟他们别人一样。我到了，就一屁股坐到椅子上。"哎呀，这天气真坏！哎呀，这石子路真累死人！"然后我聊上几则新闻："新排的歌剧，勒米埃尔小姐本来要扮演一个贞洁女子的角色，可是她又怀孕了。还不知道由谁来代替她。阿尔努小姐刚和她那位心爱的小伯爵分手，人家说她又要和贝尔丹言归于好了。可是小伯爵却找到了蒙达密老爷的瓷器。前一次业余爱好者音乐会，有一个意大利女郎，唱得好极了，简直跟天使一样。这个普雷维尔是个罕见的人才，他演《多情的墨丘利》，你一定要看，谜语那一段简直精彩极了！那个可怜的杜麦斯尼勒一上台就胡说胡来。来，小姐，把你的书拿出来吧！”小姐慢腾腾地找书，可是忘了把书放在什么地方了；又把贴身女仆叫来申斥了一顿。这过程中，我就接着说下去：“克莱蓉真叫人无法理解。现在大家都在谈论一桩荒唐透顶的婚事，就是……小姐的婚事，你管她叫什么？对，是他供养的一个娇小的女人，已经给他生了两三个孩子。这个女人，以前还靠过好些男人活着。”——“算了吧，拉摩，根本不可能有这事。你净胡说。”——“我一点也不胡说，人家还说这事都办完了呢！传说伏尔泰已经死了，那再好不过了[①]。”——“为什么是再好不过了呢？”——“因为这会让我们高兴得发疯。提前半个月死，这是他的习惯。”我还要告诉你什么呢？对啦，我再开上几句玩笑，是我从到过的人家贩来的，因为我们都是贩运能手。我扮成小丑，他们一面听我说，一面哈哈大笑，失声叫道：“他总是让人这么开心。”这工夫，小姐的书终于在靠背椅底下找到了。是小狗或小猫把书拖到椅子底下去了，也把书咬坏了，撕碎了。小姐于是坐到大键琴前面。一开始，她一个人弹出几个音来。我向母亲做一个赞许的手势，然后走到小姐跟前。母亲说：“还不错嘛！只要用心学就行，可她不用心，倒

① 关于伏尔泰死亡的事，确有好几次谣传。一七五三年、一七六〇年和一七六二年都有过这一类谣传。

宁愿把时间浪费在闲聊、打扮、跑来跑去，还有不知道是些什么事情上。你前脚走，她后脚就把书合上，一直到你下次来，才又打开书。可你从来不申斥她……”这时，总得干点什么事情摆摆样子才行，我就抓住小姐的手，换个样子一搁。我装出气恼的神情，大叫：“Sol，Sol，Sol，小姐，这是一个 Sol。”那母亲说道：“小姐，你没长耳朵吗？我不坐在琴旁边，也看不见你的书，我都觉得应该是一个 Sol。你真是让先生操心透了！真想不到他这么耐心。他教给你的，你就一点也记不住。你一点也不长进……”这时，我压压夫人的火气，摇摇头，说道：“请原谅我，夫人，请原谅。若是小姐愿意学，努力一些，是会学得更好的。不过现在也是不错的呀！”母亲说道：“我要是你呀，我就叫她盯着一支曲子学一年！”“噢！要这么干，不解决全部难点，她肯定不会罢休的。而且这也用不了夫人设想的那么长时间。”母亲说道：“拉摩先生，你这是夸她；你心肠真是太好了。你给她上的课，惟有这件事她肯定牢记不忘，碰到合适时机，她一定还会反复跟我提起呢！”时间就这样过去。我的女学生会用优雅的手臂动作递给我一包钱，并且用从舞蹈教师那里学来的动作，行个鞠躬礼。我把钱放进口袋，这时只听得那母亲说道：“这个动作做得好极了，小姐。若是雅维利埃[1]在这，一定会给你喝彩呢！”我出于礼貌，再聊上一会儿，

---

① 在十八世纪上半叶曾有四位雅维利埃，都是歌剧院著名舞蹈演员。

然后就溜掉。这就是那时人称之为伴奏课的一堂课。

我：这么说，现在已经完全不那样了？

他：活见鬼！我看是不一样了……我来时，表情严肃，急急忙忙脱下手笼，打开琴，试试音。我总是匆匆忙忙的样子。若是叫我等一会儿，我就像人家偷了我一个埃居似的大喊大叫。我说，一小时以后，我必须赶到某处；两小时之后，我必须赶到某某公爵夫人家里；一位美貌的侯爵夫人府上等我去吃晚饭；从那里出来，我还要赶到小田新街德·巴格男爵[1]府上，去听音乐会。

我：实际上哪儿都没人等你，是不是？

他：对，是这么回事。

我：那你为什么要使用这些卑鄙小技呢？

他：卑鄙！请问，为什么卑鄙？在我这种地位的人当中，这乃是司空见惯的事。别人那么干，我也那么干，我一点也不卑鄙。这些做法又不是我发明的，相反，若是不随大流，我倒成了怪物和笨蛋了。他们人人嘴上津津乐道什么道德准则，但是没有一个人身体力行。在这些事情上，你如果按照某些道德准则办，就会发现，原来是黑白颠倒，是非混淆。说真的，这种事我知道得清清楚楚。哲学家先生，正像有一般语法一样，也有一般道德。可是每一种语言里，也有些例外情形。我记

---

① Le baron de Bacq，荷兰贵族，生卒年不详，喜爱音乐，经常在他的府邸举行音乐会。

得，你们这些学者管这叫……叫什么来着？……哎哟，快帮我想想……

我：叫惯用法。

他：对，正是。好啦，每一阶层除了一般道德以外，也都有其例外之处。这些例外，我真想给它起个名，就叫做各行各业的惯用法。

我：我明白了。封德内尔①虽然作品中有大量的法语惯用法，仍不失为辞藻华丽、文笔优美。

他：对，那些君主、大臣、金融家、法官、军人、文人、律师、诉讼代理人、商人、银行家、工匠、声乐教师、舞蹈教师，虽然他们的行为在许多问题上背离了一般道德，而充满了道德的惯用法，仍不失为好人。事物的存在越是由来已久，惯用法也就越多。时风越是不正，惯用法就越是五花八门。胆大艺自高。反过来说，到最后，艺高人胆大。所以，人总是尽量发挥其特长。

我：从你这一大套弯弯绕、绕弯弯、晦涩费解的演说里，我清楚悟出的道理就是：老老实实、堂堂正正干的行业不多，或者说，在每一行业里，老老实实、堂堂正正的人很少。

他：嗨！根本没有！不过，反过来说，到铺子外头去行骗的也不多。有那么一些被称之为勤奋、守时的人，兢兢业

---

① Bernard Le Bovier de Fontenelle（1657—1757），法国哲学家、诗人。

业尽职尽忠，一丝不苟。换句话说，这些人坚守店铺，从早到晚干他们那一行，此外什么也不干。其实，世界上若是没有这些人，也照样行。所以，只有他们能发财致富，并且受人尊敬。

我：由于他们大量使用惯用法。

他：对啦！我看你已经明白我的意思了。正如每一国度、每一时代有其普遍相同的愚蠢想法一样，每一国度、每一时代也有其普遍相同的惯用法。几乎每一阶层都普遍相同的惯用法之一，就是尽量给自己拉主顾；一个普遍相同的愚蠢想法，就是以为谁的主顾最多，谁最精明强干。这两条，对一般道德来说，可构成两条例外。可对这两条必须屈从不可。这是一种信誉，本身毫无意义，但在公众舆论眼中很值钱。常言道：名声胜过金腰带。实际上，有名气的人并没有金腰带，相反我看到，如今凡是有金腰带的人倒不乏名声在外。应该尽可能地既有名气，又有金腰带。我用你称之为卑鄙小技的手段来吹嘘显耀自己，目的无非在此。我在教课，就说明我教得好。这是普遍的规律。我想让人相信，我要教的课，比一天有多少小时还要多。这就是惯用法。

我：你教课果真教得好。

他：对，不错，过得去。我亲爱的叔叔写了基础教程，使这些东西大大简化了。从前我是骗学生的钱，对，是敲竹杠，这是真真确确的。现在，我是挣钱，至少跟别人一样。

我：那你骗人家的钱就心中无愧么？

他：嘿！我愧什么！常言道：窃贼偷窃贼，魔鬼一笑之。那些少爷小姐的父母家财万贯，天知道是怎么赚来的！这些人都是宫廷中人、金融家、大商人、银行家、实业家。我，还有和我一样被他们雇用的大批人，是帮助他们物归原主。在自然界中，各个物种相互吞噬；在社会上，各个阶层相互吞噬。我们你惩罚我，我惩罚你，而无需法律介入。从前是德桑，现在是吉玛尔[①]，向金融大王报仇；而时装店老板、珠宝商、地毯商、内衣床上用品商、骗子、女用人、厨师、马具商，又给德桑的金融家报了仇。在这一切之中，只有傻瓜笨蛋或者游手好闲的人吃了亏，可是也惹恼不了任何人，这也很好嘛！这些一般道德的例外，或者说道德的惯用法，一般人大肆渲染，称之为“不义之财”。从前面所说，你可以看到，这根本算不了什么。不过，不管什么事，只要眼光准就行了。

我：我很佩服你的眼光。

他：再说还有贫困问题。饥肠辘辘的时候，道德和面子的声音是弱不可闻的。不消说，万一有一天我富起来，我也一定得把钱还给人家。我已经下定决心以各种可能的方式来偿还：吃、喝、嫖、赌。

我：可我怕你永远也不会富起来呢！

---

① 此二人均为歌剧院女舞蹈演员，生卒年不详。

他：我也这么怀疑。

我：可是，如果真的发生了出乎我们意料的事，你会怎样做呢？

他：那我就要像所有穷人得志时那么干，我要当一个闻所未闻的最厚颜无耻的恶棍。到那时候，我忘不了他们让我受的罪。他们当众对我的羞辱，我也要回敬给他们。我喜欢发号施令，到那时候，我就天天发号施令。我喜欢人家称赞我，到那时候，别人就会赞美我。整整一群维尔摩良①的食客，都会被我雇用。我要像人家对我说过的那样，对他们说道："来，小人们，叫我开开心。"于是他们就要想方设法叫我开心。我说："给我贬贬那些正直的人！"到那时候如果还找得到正直的人，这些家伙就会把他们贬个一钱不值。我们还要玩女人，喝得烂醉的时候，就会轻慢地相互以"你"相称。我们要喝得酩酊大醉，我们要信口胡言，我们也要干各种道德败坏的事。那滋味可真够美的！我们要向人们证明，伏尔泰没有天才；总是趾高气扬的布封②不过是个文笔浮夸的文人骚客而已；孟德斯鸠只不过有些小聪明罢了；我们要把达朗贝尔打发到他的数学里去。像你这号小加图③，出于嫉妒之心而蔑视我们，以谦虚的

① 维尔摩良是田赋包税人布莱的女婿。这类人除了将一部分收入上交外，其余收入全部中饱私囊，因而大发横财。

② Georges -Louis Leclerc, comte de Bouffon（1707—1788），法国博物学家、作家。

③ Marcus Porcius Cato（前 237—前 142），古罗马政治家、演说家，以严守道德原则著名，后来人们便用他形容严守或假装严守道德原则的人。

外表掩盖着傲慢的内心，生活俭朴乃是不得已而为之，对你们这些人，我们一律要打他个皮开肉绽。而音乐呢？到那时我们就要搞音乐了。

我：你发了财，如此使用财富，十分令人敬佩。我看到你竟然是个乞丐，多么可惜。你发了财，这种生活方式对人类来说很是体面，对你的同胞来说很有益处，对你自己则很光荣。

他：我想你这是在讽刺我。哲学家先生，你大概不知道，你这是在耍笑谁。你想不到，此刻我代表着城市和宫廷中的极大一部分人。我刚刚跟你说的这些知心话，咱们那些各行各业的大富翁们，要么自己心里也是这么想的，要么没有彼此说出来而已。我处于他们地位时要过的日子，正是他们现在过的日子。这是不可否认的事实。你们这些人，在你们所处的地位上，以为人人都享受着同样的幸福。这是多么莫名其妙的看法！你们的幸福意味着某种浪漫精神，不同寻常的心灵，不同寻常的趣味，而我们是没有浪漫精神的。你们用美德这个名词来粉饰这种怪癖，你们把它称作明理、旷达。可是，美德、明理、旷达，这难道是给一切人预备的吗？谁能拥有这些品质，让他拥有好了；谁能保持这些品质，让他保持好了。请你想象一下那明智和旷达的世界会是什么样子吧！那大概是很凄惨的，你同意吧！好，所罗门的旷达万岁！所罗门的明智万岁！在我看来，喝上等美酒、吃珍馐佳肴、玩漂亮女人、睡弹簧软床，这就是一切。除此之外，都是瞎吹。

我：怎么，那你说保卫祖国呢？

他：瞎吹！还有什么祖国啊！从北极到南极，我看见的无非是暴君和奴隶。

我：那你说为朋友效劳呢？

他：瞎吹！难道一个人真能有朋友吗？就算有吧，还不是必然要变成忘恩负义之人？你睁开眼睛仔细瞧瞧，就会发现，你给朋友效劳得到的报答几乎总是这个。感恩戴德是一个沉重的包袱，而沉重的包袱注定是要叫人甩掉的。

我：那么，在社会上有一个职业，并且履行自己的义务呢？

他：瞎吹！有没有职业，有什么关系？只要有钱就行！从事某一职业，无非是为了发财致富！履行自己的义务，会导致什么结果呢？无非是招来妒忌、烦恼和迫害。难道这样能有出息么？还是阿谀奉承，见鬼！阿谀奉承，拜访大人物，研究他们的所好，顺乎他们的心血来潮，为他们的恶习效劳，赞同他们的不义：这才是窍门！

我：那么，关心自己子女的教育呢？

他：瞎吹！这是家庭教师的事。

我：可是，若是这位家庭教师对你的这些原则深信不疑，玩忽职守，那么受害者将是谁呢？

他：反正不是我。不过也许某一天，受害的是我女儿的丈夫或者我儿子的老婆。

我：是啊，如果你女儿的丈夫和你儿子的老婆，两人都堕入放荡和邪恶之中，那怎么办呢？

他：那正切合他们的身份、地位。

我：如果他们搞得声名狼藉呢？

他：只要有钱，无论干什么，都不会声名狼藉。

我：如果他们倾家荡产呢？

他：那他们就活该了。

我：我想，如果你对自己妻子、子女、仆人的品行都不关心，大概对自己的银钱事物也很容易粗心大意了。

他：这倒请你原谅，搞钱有时颇费周折，还是早些下手才算聪明。

我：那你对你的妻子照顾得很少了？

他：可以说毫不关心。我认为，一个人对他亲爱的那口子最好的态度，就是做合她心意的事。如果一个社会里每人都忙自己的事，你说这个社会不是很好玩么？

我：那为什么不可以呢？只有当我对白天感到满意，我才觉得晚上格外美。

他：我也这么觉得。

我：上流社会的人之所以玩乐那么考究，正是因为他们完全无所事事。

他：别相信这个。他们也忙碌得很哩！

我：他们从来不吃苦不受累，所以也从来不用消除疲劳。

他：别相信这个。他们总是精疲力竭哩！

我：对他们来说，享乐是一宗正事，而从来不是一种需求。

他：再好也不过了。需求总是一种负担。

我：他们损坏了一切。连他们的心灵也变得迟钝、呆滞，烦闷得要死。他们生活在令人压抑的阔绰之中，谁若是要了他们的命，说不定是帮了他们的大忙。这是因为对于幸福，他们只领略了很快就烟消云散的那一部分。我并不蔑视感官的享乐。我也有味觉，接触到珍馐美味或香醇好酒，也感到舒畅；我也有一颗心、一双眼，我喜欢看见美貌的女子，喜欢在我手中感受到她坚实、丰满的胸脯，喜欢让她的嘴唇和我的嘴唇紧紧贴在一起，喜欢从她的眼波中汲取荡漾的春情，喜欢为此而死在她的怀抱中。偶尔与朋友们聚在一起，吃喝玩乐一宵，甚至有些放荡，我也不讨厌。可是，不瞒你说，救助一个穷人，了结一件棘手的事情，向人提出一项有益的忠告，读一本令人愉快的书，与一位朋友或自己心爱的女子散一次步，与我的子女们度过几小时对他们进行教育，写出美妙的文章，尽我应尽的责任，向我心爱的女子道出温柔多情的话语，让她用胳膊搂住我的脖子，我觉得这一切更加甜蜜无比。有一件我熟知的事情，我要讲给你听。如果我能做出这样的事情，哪怕付出现在我拥有的一切作为代价，我也心甘情愿。《穆罕默德》是一部优秀作品，但我更愿意为卡拉一家恢复名誉①。我认识的一个人，在卡塔赫纳②蛰居。他是家中的幼子。按照他家乡的风俗，全部家业都传给长子。他的哥哥本来娇生惯养，其父母又过于随和。哥哥将父母的财产剥夺精光，又将二老赶出家门，害得这两位心地善良的老人一贫如洗，在内地的一座小城市苟延残喘。这个幼子，原来受到父母苛待，才到千里之外去碰运气：现在他在卡塔赫纳听说了这种情形，他怎么做的呢？他给双亲以接济。他急忙将自己的事务安排好。他衣锦还乡，将父母接回他们的家宅，给姐妹们完了婚。啊，我亲爱的拉摩，这个人将这一段时光看作他一生中最美好的时日。他与我谈起这件事的时候，热泪盈眶。现在我把这个故事讲给你听，我也感到心儿在快乐地跳动，简直高兴得说不出话来。

他：你们真是些怪人！

我：一个人可以超越他的命运。一个人，像这样的好事，如果做过两桩，这种善行就会保护他，他是绝不会遭到不幸的。你们不能理解这种事情，你们这些人也真够可怜的！

他：这也可以算是一种至高无上的幸福吧！我大概很难体

① 让·卡拉（Jean Calas，1698—1762）本是图卢兹加尔文派教徒，商人。其子自杀，卡拉隐情未报。他因此受到诬告，说他为阻止儿子信仰天主教而将其杀害，被判处车轮刑（将犯人四肢打断以后绑在车轮上任其死去）身死。一七六五年，其家属在伏尔泰及包蒙帮助下翻案成功，使他恢复了名誉。“卡拉事件”遂成为天主教不容并迫害新教徒的典型事例。这里将伏尔泰的《穆罕默德》一剧与他为卡拉翻案一事并列，以说明狄德罗的观点。

② Cartagena，西班牙城市。

验这种幸福了，这种情形毕竟是极为罕见的。依你看来，是一定要做正直的人了？

我：你是说一定要做正直的人才能幸福么？那当然啦！

他：可是我倒看到许许多多正直的人并不幸福，还有许许多多幸福的人并不正直。

我：是你自己那么感觉。

他：我之所以落到不知道今天晚上到哪里去用晚餐的地步，难道不就是因为我在一瞬间表现了常理和直率么？

我：唉，绝非如此！那是因为你并非一贯如此，因为你没有及早认识到，一个人必须首先自辟生路，不靠卑躬屈膝。

他：靠也好不靠也好，反正我自己开辟的生路，至少是最轻而易举的。

我：也是最不可靠和最不体面的。

他：但是对我这种懒汉、傻瓜、无赖的性格，却最适合。

我：这我同意。

他：有些恶习我天生就有。要得到它，无需经过艰苦的劳动；要保持它，也不费吹灰之力。既与我国的风俗民情相符，又与我的保护人的口味相投；与美德相比，它与我的保护人小小不然的个人特殊需要更加一致，而美德则会从早到晚谴责他们的行为，碍手碍脚。既然我能够通过这些恶习而得到幸福生活，我再去像一个该下地狱的人那样折磨自己，以期将自己改造成另外一个人，培养与我的性格完全格格不入的另一种性格和高尚的品质，那不是咄咄怪事么！为了不至于跟你吵架，我可以同意说这些品质很高尚。可是要在我身上培养这些品质，要我去身体力行，要花多大的代价！而且毫无结果，说不定比毫无结果还要糟，因为那样一来，像我这样的叫化子所赖以生存的阔佬们就会永无休止地嘲弄我们了。人们口头上称赞美德，实际上憎恶美德、逃避美德。美德冷冰冰的，可是在这世界上，人们需要浑身暖暖和和的。而且，这肯定会使我心绪恶劣。我们常常看见虔诚的教徒心肠狠毒、令人讨厌、难以相处。你知道为什么吗？就是因为他们硬要把违反自己天性的苦差强加于自己，搞得自己苦不堪言。一个人自己受苦，别人也得跟着受罪。我不想这么干，我的保护人也不想这么干。我要快活，迎合人意、讨人喜欢、滑稽可笑。美德令人肃然起敬，可是恭敬别人自己则不舒服。美德令人赞赏，而赞赏别人并不好玩。跟我打交道的人都是穷极无聊的人，我必须逗他们笑。使人发笑的无非是滑稽和癫狂，所以我就要滑稽可笑、疯疯癫癫。若是我并非天性如此，最便捷的办法当然就是装出滑稽可笑、疯疯癫癫的模样。幸好我还无需扮演伪君子的角色，现实生活中，即使不把那些自己骗自己的人计算在内，各式各样的伪君子也已经俯拾皆是了。请来看那位拉莫尔里哀骑士，帽子漫不经心地压到耳朵上，头抬得高高地，傲视着过往的行人。长长的佩剑在胯间摇晃，见到不带佩剑的人便口出不逊，侮辱人的话语成篇成套，似乎在向所有的人挑战。他这是干什么呢？无非是竭其所能相信自己是条勇敢的汉子罢了。可实际上他是一个懦夫。你朝他鼻尖打个响，他会乖乖地受着。你想叫他嗓门低一点么？提高你自己的嗓门就行了。你尽管扬起你的手杖，或者用脚踢他的屁股！发现自己是个懦夫，连他自己也莫名惊诧，他还要向你请教，是谁告诉你，你是从何处得知他是懦夫的。在那之前的一刹那，连他自己也不知道哩！长期以来，他一向摆出武夫的架势，连自己都上当受骗了；他一贯装模作样，以致到最后自己也信以为真了。还有那位女子，自己禁欲苦修，到监狱去照顾犯人，参加各种慈善会，走起路来低眉顺眼，大概都不敢正视男子一眼，不断警惕着感官的诱惑。所有这一切，难道能使她的心灵不燃烧，使她不长吁短叹，使她不火气上升，使她不受性欲冲动的折磨么？《查尔特勒修道院守门人》和《阿莱蒂诺的处境》中描写的情景，难道她的想象力能阻止这种种情景日夜重现么？那么她会怎么样呢？她的贴身女仆，半夜里听到女主人大呼小叫，以为她生命垂危，急忙起床，穿着内衣奔到女主人身边去救助，她会怎么想呢？朱斯蒂娜，回去睡吧！女主人梦呓中呼唤的不是你啊！再说拉摩朋友，如果有一天他开始厌弃财富、女人、美味和安逸，他开始加图化，他会变成什么人呢？一个伪君子。拉摩应该是什么样就什么样：他与富有的盗贼在一起，是一个心满意足的盗贼，而不是独自一人或和叫化子一起啃面包皮，却以美德自夸的牛皮大王，更不是一个品德高尚的人。直截了当地说吧，你所说的那种至高无上的幸福也好，像你这样的幻想家的幸福也好，我是一点也适应不了的。

我：亲爱的朋友，我明白了，你根本不懂得什么是幸福，甚至你生来就不是要来领略幸福的。

他：那再好也不过了，妈的！再好也不过了。我若是领略了那种幸福，说不定要把我饿死、烦死、悔恨死的。

我：这么说来，我能给你的惟一忠告，就是赶快回到因为你鲁莽而将你赶出门外的那家人家去。

他：并且去做那些从字面上说来你并不反对，从引申意义上说来却令我厌恶的事情？

我：对，我就是这个意思。

他：尽管这个比喻此刻使我颇为不快，换个时候就不会使我不快了。

我：真是咄咄怪事！

他：这毫不足怪！我很愿意自轻自贱，可是我不希望被迫这样做。我很愿意从我尊严的宝座上走下来……你笑了么？

我：对，你的所谓尊严使我忍俊不禁。

他：噢，每个人都有自己的尊严。我可以将我的尊严忘却，但要听凭我意，而不是遵照别人的命令。难道别人对我说："爬！"我就非得爬不可么？那是爬虫的行动方式，也是我的行动方式。让我们走的时候，爬虫也好，我也好，我们都采取这种方式。可人家要是踩着我们的尾巴，我们就要竖立起来。我的尾巴已经被踩着了，你看着，我就要竖起来的！再说，你对于那种地方乌七八糟的情形，可以说是毫无概念。请你设想一下一个患忧郁症的阴阳怪气的人物，满脑子异想天开的念头，室内便袍在身上裹上好几圈；他讨厌自己，也讨厌一切。把你的身体和才智变出一百种花样来，他也难得微微一笑；我脸上作出各种讨人喜欢的鬼脸，我的才智也发出更讨人喜欢的怪论，他都冷眼相看。咱们说句真心话，你可别告诉别人：那位诺埃勒神父，那个因为扮鬼脸而名气颇大的该死的本笃会修士，虽然在宫廷里大出风头，跟我相比，不过是个鸡胸驼背、尖嗓门的木偶小丑而已。我这么说可丝毫不是自吹，也不是给他吹啊！我百般折磨自己，想达到巴黎精神病院里关着的那些疯子的卓越水平。可这是徒劳，毫无效果。他会笑呢，还是不笑？我一面装腔作势、挤眉弄眼，一面不得不这样自问。你可以断定，这种忐忑不安的情绪是多么影响天才的发挥。我那位忧郁症患者，一顶便帽压在头上，一直遮住眉眼，那模样活似一尊岿然不动的中国瓷偶。满可以往这瓷偶的下巴上拴一根绳，让绳一直垂到他的坐椅下面。你等待着有人牵动这根绳，可这根绳就是一动也不动。或者，下巴偶尔张开一条缝，无非是道出一句话来让你扫兴。原来那句话，是答复你四天以前向他提出的一个问题。你听了才明白，人家根本没有注意你，你表演的那些猴子把戏全是白费力气。这句话说完，肌肉弹力松弛，下巴又合上了。

然后他开始模拟那个人。他坐到一张椅子上，脑袋一动不动，帽子一直拉到眼皮上，眯缝着眼睛，耷拉着胳膊，像个木头人一样开合着下巴，说道："对，小姐，你说得很对。在这个问题上，一定要略施小计。"

他：为什么有这句话呢？因为他就是这样，晚上、早上、盥洗时、用正餐时、喝咖啡时、玩牌时、看戏时、吃晚饭时、睡觉时，还有，我想，上帝饶恕我，在他情妇的怀抱里时，就把事决定了，而且一旦决定便无可挽回。在这最后一种场合作出的决定，我自然无法听到，可我对于他在其他那些场合作出的决定，乃是司空见惯。阴阴沉沉、深奥莫测、斩钉截铁、毫不含糊，如命运之神一般，我们的保护人就是如此。现在，在你面前的，是一个神气十足的假装正经的女人。人们倒还可以下个决心对她说，她很标致。虽然脸上东一块西一块长着皮癣，体态之肥也快追上布维容夫人了，可还算标致。我喜欢丰满美观的肌肉，不过像她这样浑身是肉未免过分，所以，运动对物质来说，是多么带根本性的问题！Item①，她比一只母鹅还要恶毒，还要自负，还要愚蠢②。Item，她装出很有头脑的样子。Item，必须叫她放心，人们比相信谁的话都更相信她的话。Item，她什么都不懂，可是还要说了算。Item，她一旦作出决定，你必须拍手顿足表示赞成，欢呼雀跃，对她佩服得五

---

① 拉丁语，同样，同时。
② 法语中常用"像母鹅一般愚蠢"来形容一个人愚蠢至极。

体投地才行："了不起！考虑得多么周到！说得多么恰当！观察得多么细致！感受多么独到！女人这些优点从什么地方来的？她们没有经过学习，纯粹出于本能的力量、天赋的智慧，这简直不可思议！现在谁再来对我们说，经验、学习、思考、受教育，都跟这有关系，去他的吧！"等等等等诸如此类的蠢话，还要高兴得流出眼泪来。一天之内要不下十次弯下身去，一腿屈膝向前，另一条腿朝后伸出，向这位女神张开双臂，从她的眼神里探寻她的意愿，专心致志地听她讲话，敬候她的吩咐。命令一下，就闪电一般跑去执行。除了每周两三次可以在这里使辘辘饥肠得以平静下来的可怜虫以外，还有谁能担任这等角色呢？巴里索、弗勒龙父子、布万西奈[①]、巴库拉尔这些家伙，他们小有资财，却也卑躬屈节。他们之所以这样做，是不能用饥肠辘辘来自我辩解的。人们对他们又该作何感想呢？

我：要不是你对我说，我恐怕永远也料想不到，你还这么爱挑毛病。

他：我并不爱挑毛病。开始时，我看见别人那样干，我也照着干。我甚至比他们干得还漂亮，因为我厚颜无耻更直截了当，扮演丑角比他们要高明，肚子饿得更厉害，我的嗓音也天生比他们更洪亮，仿佛我是那大名鼎鼎的斯腾托[②]的直系

---

① 此处法文原文中，弗勒龙用单数，布万西奈用多数。疑为作者疏忽之处，现据上文改正如此。

② Stentor，《荷马史诗》中的人物，以声音洪亮著称。

后代。

为了使我对他胸腔的巨大威力有个正确的概念，他开始用力咳嗽起来。咖啡馆的玻璃窗竟然震得嘎嘎直响，下棋的人也无法专心致志。

我：这份才能有什么用呢？

他：这你都猜不着？

我：猜不着，我这个人有点愚钝。

他：你想想看，若是起了争辩，胜负未决，这时我站起身来，张开雷霆一般的大嗓门，说道："小姐断定的就是对。这才叫有头脑呢！比我们所有的聪明人加在一起还要强过一百倍！那表达用语简直是天才！"可是，总是以同一方式表示赞同，又绝对使不得。那样就显得千篇一律、虚情假意，就枯燥无味了。要避免落入这一窠臼，只能靠有判断能力和点子多。这种高几度的断然的不容置辩的语调，你一定要善于准备，善于安排，抓住机会，认准时刻。比方说，当赞成与反对的情绪相等，争论达到最激烈的程度，谁也听不见谁说话，大家都七嘴八舌一齐讲话的时候，你应该躲在一边，待在离战场最远的角落里，用长时间的沉默不语将最后的爆发准备停当。然后，就像野人一般骤然从天而降，叫那些人措手不及。这套技艺，谁也比不上我。但是我真正令人惊异之处，却在相反的另一端：我会用温和、优雅的口吻谈话，加上笑容可掬，表示赞同的表情多种多样，不可胜数。这时候，我的鼻子、嘴、额头和眼睛都能进入角色。我腰部灵活，脊椎骨怎样扭动，肩膀怎样耸起或垂下，怎样伸开手指，怎样低下头来，怎样闭上眼睛，怎样目瞪口呆，仿佛听见天使、神仙的声音从天而降一般，这一切我做起来都别有一番风味。能迎合人意的正是这些东西。这最后一种姿态有极大的艺术力量，不知道你是否能够充分领略。这倒完全不是我发明出来的，不过表演起来没有一个人能居我之上。你看，你看，就这样。

我：倒真是独一无二。

他：你想想，多少有些爱慕虚荣的女人，能禁得住这个吗？

我：禁不住。必须承认，你已经将扮演丑角和自轻自贱的天才发展到了无以复加的地步。

他：不管他们人有多少，都是枉费心机，他们永远达不到这种水平。他们当中最杰出的人物，例如巴里索，最多不过是一个好学徒而已。不过，这种角色虽然开始时你觉得好玩，看见让你弄得神魂颠倒的那些人丑态百出，你心中暗暗嘲笑他们，而尝到一丝快乐的滋味，可是，天长日久，就再也不能刺激你了。再说，有了一定数量的发现之后，就不得不反复表演同样的东西。才智和艺术都有一定的限度。恐怕只有上帝或为数极少的天才，才能做到随着他们在这条道路上不断前进，事业也日益开阔。也许布莱就是其中的一个。布莱这个人，他的某些俏皮话，给我的俏皮话，对，给我本人，以极大的启发。

什么“小狗”呀，“极乐经”呀，“凡尔赛大路上的火把”呀，这一类的东西使我狼狈不堪、丢人现眼，搞得你真要厌恶自己的行当了。

我：你说的“小狗”是什么意思？

他：你这个人是从哪个国家来的？怎么！这位罕见的人物有一条小狗，可是掌玺大臣爱上了这条狗。他怎样设法使小狗对自己的感情转移到掌玺大臣的身上，这故事你真的一点都不知道么？

我：说老实话，我一点都不知道。

他：那太好了。这简直是人的头脑所能想出来的最妙的一件事情。整个欧洲都为之赞叹不止，没有一个廷臣不被激起羡慕之情的。你这个人是不乏精明的，让我们来看看如果你处在他的地位，你会怎么干。你想想看，这条狗很爱布莱，而那位大臣的奇装异服又使这小动物胆战心惊。你再想想看，布莱只有八天的时间来解决这些难题。必须了解这道题目的全部条件，才能充分领略这解题的高明之处。怎么样，想出来了么？

我：唉，我得向你承认，在这方面，最简单的题目也要把我难倒。

他：你听着！（说着，他在我的肩膀上轻轻拍了一下，因为他跟我很熟）好好听着，佩服人家吧！布莱叫人做了一个酷似掌玺大臣面孔的面具，又向一个小厮借了一件肥肥大大的长袍。他戴上面具，穿上长袍，呼唤小狗，爱抚小狗，给小狗喂小圆饼干吃。然后，他突然脱掉掌玺大臣的服装，换上自己的服装，把狗叫来，加以鞭打。如此这般从早到晚持续不断地操练，不出两三天，小狗就已懂得，见到田赋包税人布莱就逃开，见了掌玺大臣布莱就往他跟前跑了。我心肠太善良了。你是个不信神的人，奇迹就发生在你身边，也教育不了你。

我：虽然如此，还是请你给我讲讲“经书”和“火把”的事，好么？

他：不行，不行。你在马路上随便问一个人，都会告诉你这些事的。咱们聚在一起不容易，你还是利用这个机会，了解了解除了我以外便无人知晓的事情吧！

我：你说得很对。

他：假借掌玺大臣的长袍和假发，对了，我刚才忘了说假发了！做一个酷似掌玺大臣面孔的面具。想得多妙啊！特别是面具这一招，简直叫我佩服得五体投地！结果呢，这个人声名显赫，拥有亿万家产。有的人得到了圣路易十字勋章，却吃不饱饭。为什么要冒着送掉性命的危险去追求勋章，而不转向毫无危险，却永远不乏报酬的职业呢？这才叫舍近求远呢！这后一种榜样真叫人灰心丧气。这些人一定是顾影自怜、心中惆怅的。对啦！面具！面具！我若是想出来面具这个主意，就是砍去我一根手指头作代价，我也心甘情愿啊！

我：凭你对美好事物的这份热情和你的多才多艺，难道你就没有任何发明么？

他：对不起，倒也有一点。例如，我跟你谈过的用腰背部表示赞美的姿势。虽然有些嫉妒成性的人可能跟我争，说这是他们发明的，可我将它视为己出。我当然相信从前也有人用过这种姿势，可是对于暗暗嘲笑自己、表面上装作钦佩的傻瓜，这个姿势是多么实用，又有谁体验过呢？我还有上百种办法，就在母亲的身边对年轻姑娘进行引诱，还让她母亲不知不觉，甚至让她给我帮忙。我刚刚干上这一行的时候，就瞧不起那各种各样俗不可耐的悄悄递送情书的办法。我有上百种办法，能叫人到我的手中来将情书抢走。我可以自吹的是，这些办法里面有几种是独创的、全新的。我的特别本领，是能让羞怯的年轻男子鼓起勇气来。有些人既无才又无貌，我都能使他们如愿以偿。若是把这些都写成书，我想，人家是会承认我颇有天才的。

我：大概还会使你得到特殊的荣誉吧？

他：这我不怀疑。

我：我若是你，我一定把这些事情付诸笔端。任其默默无闻，不为人所知，岂不可惜！

他：这是真的。可是，我对方法及箴言是多么不放在眼里，你简直想不到！需要阅读公文程式汇编的人决不会有多大出息。天才都是少少读书、多多实践、无师自通的。你看看恺撒、杜伦尼元帅、沃班侯爵、邓珊侯爵夫人、她的弟弟红衣主教、红衣主教的秘书、特吕伯莱教士，就会明白了。就说布莱吧，谁教过他呢？谁也没有！这些罕见之才是天然造就的。难道你以为在书上什么地方有小狗和面具的故事么？

我：不过，当你空闲的时候，当你腹中空空、忧心忡忡、无法入睡的时候，或者吃得太饱、全身无力、难以成眠的时候……

他：我会想到这事的。描写大事要比干小事强。那时，灵魂会变得高尚，想象力激发起来、燃烧起来、扩展开去。相反，在小胡丝的身旁，你要对愚蠢的观众固执地为故作媚态的丹热维尔①热烈鼓掌而表示惊讶。你也要对愚蠢的观众固执地为夸张做作的克莱蓉热烈鼓掌而表示惊讶。当你这样做的时候，你的想象力只会越来越贫乏。丹热维尔的表演那么平淡，在台上行走时几乎弯腰驼背，她装模作样，跟谁讲话，眼睛总是死死盯着谁；而且动作鬼鬼祟祟，还自以为那些矫揉造作的动作极为高雅，那急匆匆走来走去的样子也极有风韵呢！克莱蓉那么干瘪黄瘦，那么矫揉造作，那么不自然，那么死板生硬，简直就没法说了！这些愚不可及的观众狂热地为她们鼓掌，对我们这一位绝代佳人却视而不见。我们这位美女已有些发胖，这倒不假，可是这又有什么关系？她肌肤最美，眼睛最美，嘴最标致；心肠狠一些倒是真的，可是举止不轻浮，也不像一般人说的那么笨拙。话又说回来，在感情方面，有哪一个

① Dangeville（1714—1796），法兰西喜剧院女演员，擅长演聪明伶俐的侍女。

女人，我们这位小胡丝压不倒她?!

我：你怎么这样说呢？这究竟是讥讽呢，还是真话？

他：不幸的是，感情这个鬼东西完全是在内心里，外表上纹丝不透。不过我现在告诉你，我知道，我确实知道，她是有感情的。即使这不确确实实是感情，至少也是与感情相类似的东西。当她发起怒来的时候，怎样处置男仆，怎样打女仆的耳光，那个度支官[①]对她哪怕稍欠尊敬，她就怎样对他拳打脚踢，一定要看看这个，才能明白。我告诉你吧，这是一个充满感情和尊严的小妖精……对啦，说到这里，你已经晕头转向了，是不是？

我：我必须承认，你这样讲话究竟是出于好心还是出于恶意，我真是猜不透。我是个老实人，请你发发善心，直截了当地对我讲，把你那些艺术手法搁置一下，好么？

他：噢，这一大套，就是谈及丹热维尔和克莱蓉时，我们对小胡丝所说的话，这里那里有几个字眼使你警觉起来了。你将我看成一个无赖，而不是一个傻瓜，这我同意。但是，恐怕只有一个傻瓜或一个坠入情网的人才会郑重其事地说出这些没有分寸的话来。

我：那是怎么下定决心讲出来的呢？

他：并非灵机一动，而是一步步走到这步田地的。Ingenii

---

① 指小胡丝的情人贝尔丹。

largitor venter. ①

我：那一定是迫于饥饿难耐了。

他：大概是。尽管你觉得这些话语十分过火，不过，请你相信，我们自然是惯于道出这样的话语的，可那听这些话的人，恐怕还更习以为常呢！

我：你们那一群人里头，有没有谁敢于同意你的这种见解呢？

他：什么叫“有没有谁”？整个上流社会都这么想，都这么说呀！

我：那么你们那些人里面，不是大无赖，就是大傻瓜了。

他：傻瓜？我向你保证，傻瓜只有一个，就是那个款待我们，好让我们欺骗他的人。

我：可是一个人怎么能这样马马虎虎地上当受骗呢？无论如何，丹热维尔和克莱蓉天才超群，是已成定论的呀！

他：使人心里甜滋滋的谎言，人们大口大口地往下吞；只有苦涩的真理，才会一滴一滴地喝下去。何况我们还装作那么心悦诚服的样子！

我：你一定也有偶尔违反艺术原则的时候，不留神道出了几则苦涩的真理，伤了人。虽然你扮演的角色卑鄙下流、可耻可怜，我相信从本质上说，你的灵魂还是高尚正直的。

---

① 拉丁语，肚腹赋予人智慧。

他：完全不是这样。我根本就不知道我本质上是什么，见他的鬼！一般来说，我的思想圆滑，像皮球；性格直爽，像柳枝。只要诚实对我有好处，我从不虚假；只要虚假对我有好处，我就绝不诚实。我怎么想就怎么说。如果合乎情理，那再好不过；如果不得体，反正人家也不在意。我充分利用我的心直口快。我一辈子无论说话前，说话过程中，还是说完话以后，都从来没考虑过。所以我也从不得罪任何人。

我：可是你原来赖以生活的那户体面人家，给过你那么多好处，你不还是得罪了他们么？

他：有什么办法呢？真是倒霉，一个人一生中总要碰到时运不济的时刻。持久的十全十美的幸福是绝对不存在的。我那一阵日子过得太好了，所以不会持久。正如你所知道的，我们那个圈子人数最多，经过精心选择。那是一所人道主义的学校，古代好客风尚完全复兴。所有落魄的文人，我们都把他们收罗进来。有过巴里索，那是他写了《查莱丝》以后；有过布莱特，那是他写了《假义气》之后；还有所有失去声望的音乐家，所有作品没人看的作家，所有让人喝倒彩的女戏子，所有挨嘘的男戏子；一帮没脸见人的穷鬼，庸俗乏味的寄生虫，我荣幸地当了他们的首领，在胆怯的一群人中算是个勇敢的头儿。他们初来乍到时，是我鼓动他们留下吃饭，是我吩咐拿酒来给他们喝。他们的地位是那么微不足道！有几个年轻人，衣衫褴褛、手足无措，可是他们相貌都不错。还有些无赖汉，对男主人百般奉承，弄得他晕晕乎乎，以便继他之后再在女主人身上捞点油水。我们表面上显得很快活，可实际上每个人都气势汹汹、饥肠辘辘。狼不会比我们更贪婪，虎不会比我们更残忍。我们像大地久久为白雪覆盖以后的狼那样大吃大嚼，我们像猛虎一样把每一个有所作为的人贬得一钱不值。贝尔丹、蒙梭日[①]、维尔摩良的几伙人偶尔聚在一起，你就会听到动物园的一片喧嚣了。这么多忧郁、乖僻、惯于作恶、气势汹汹的野兽聚集在一起，从来没见过！这时只听见他们谈到布封、杜克洛、孟德斯鸠、卢梭、伏尔泰、达朗贝尔和狄德罗的名字，至于给这些名字加上什么修饰语，那就只有天知道了。谁不像我们这么愚蠢，我们就绝不承认他有天才。喜剧《哲学家》的提纲就是在这时想出来的。叫卖小贩那一场，是我根据《女系的神学》向他们提供的。在这部戏里，也没比别人多饶你一点。

我：这再好不过了！说不定给我的荣誉还言过其实呢！这些人对那么多正直而有才智的人说了坏话，若是他们灵机一动说起我的好话来，我倒要觉得受了侮辱呢！

他：我们人很多，每个人都得交份子钱。拿大动物献祭完了，我们就宰割其他小动物。

我：为了活命而侮辱科学和美德，这样得来的面包代价也够大的！

---

① 蒙梭日与维尔摩良一样，也是布莱的女婿。

他：我已经对你说过，我们这些人是无足轻重的。我们咒骂所有的人，可是没有一个人因为受了我们的咒骂而伤心难过。有时，体态笨重的奥里维院长、肥胖的勒布朗院长和伪君子巴德也和我们聚在一处。胖院长只在进餐之前使坏。喝完咖啡，他往靠椅里一倒，双脚支在壁炉架上，就呼呼大睡起来，活像个栖在架子上一动不动的老鹦鹉。如果吵闹声音太大，他就打个呵欠、伸伸胳膊、揉揉眼睛，问道："喂，怎么啦？怎么啦？"——"我们正在争论，皮洪①是否比伏尔泰更有才智。"——"说清楚了，你们谈的是才智吗？不是说的格调吧？我看你们说的那个皮洪，他对格调可是完全无知。"——"完全无知？"——"对。"于是，我们马上又转了话题，对格调问题进行论述。这时候，保护人作个手势，要大家听他发言，因为格调，这是他尤其自鸣得意的东西。"格调嘛，"他说道，"……格调是一种东西……"说老实话，这是什么东西，我不知道，恐怕连他自己也不知道。

有时我们的朋友洛贝与我们聚在一起。他用来款待我们的，是玩世不恭的故事，是他亲眼所见的狂热的冉森派教徒的圣迹，是就他精通的某一题目②所写的诗歌中的某些章节。我很讨厌他的诗，但我喜欢听他朗诵。他那样子简直就跟着了魔一般。四周的人都禁不住大叫起来："这才叫诗人呢！"不瞒你

① Alexis Piron（1689—1773），法国诗歌及戏剧作者，作品中经常攻击伏尔泰。
② 指梅毒。

说，这首诗不过是各种莫名音响的大杂烩、巴别塔居民粗俗的喧嚣而已。

有时，有个傻瓜也来和我们相聚。这个人外表似乎平淡无奇，显得愚蠢，实际上像魔鬼一样聪明，比一只老猴子还精明。有些人的外貌会招致人家的讥笑和嘲弄，他就属于此类。但是上帝有意创造了这样的外貌，以教训那些以貌取人的人。这样的例子足以叫那些人明白：一个聪明人长个蠢样子，一个机灵的外表掩盖蠢人的实质，这都是常有的事。牺牲一个好人供其他人耍笑，这种卑鄙的行为处处可见。每次都是找到他头上。这是我们给初来乍到的人设下的圈套，我没见过哪一个不上当受骗的。

这位狂人对人及人的性格观察得那样准确，有时令我惊讶不已。我向他表示了这个意思。他回答我说：

他：这是因为，正如一个人从放荡生活中可以得到好处，同没有教养的人混在一起也能得到好处。一方面他失去了天真纯朴，另一方面也丢掉了偏见作为补偿。在坏人圈子里，罪恶掀去了假面具，赤裸裸暴露出来，你就能学会认识他们。再说，我也多少读了点书。

我：你读过什么书呢？

他：我读过提奥夫拉斯图斯①、拉布吕耶尔②和莫里哀的

① Theophrastus（约前 371—前 288），古希腊植物学家，被誉为植物学之祖。
② Jean de La Bruyère（1645—1696），法国作家，著有《品格论》。

作品，而且我现在还在不断反复阅读他们的作品。

我：这都是些杰作。

他：这些书比一般人想的好得多。可是有谁会阅读他们的作品呢?

我：谁都会，当然各人理解的程度不同。

他：我看几乎没有一个人会读。你能告诉我，人们在书中寻求什么吗?

我：消遣和教训。

他：什么教训呢?问题的关键正在这里。

我：对自己责任的认识，对美德的热爱，对恶行的憎恶。

他：我呀，我从书里把凡是应该做的事和凡是不应该说的话都收集起来。我读《悭吝人》的时候，心里就想：你高兴的话，当一个悭吝人好了，可是要当心，不要像悭吝人那样说话。我读《伪君子》的时候，心里就想：你高兴的话，当一个伪君子好了，可是不要像伪君子那样说话。对你有用的恶习，你留着好了，但是不要有表现出恶习的口吻和外部表现，那会使你显得可笑。为了避免这种口吻、这种外部表现，就必须了解这些东西。现在，各位有名的作者已经给这些东西绘出了绝妙的画像。我还是我，而且我要我行我素。可是我的举止言谈要很像样。有些人蔑视伦理学家，我不属于这类人。在伦理学家身上，尤其是将道德信条付诸实施的人身上，有许多可以借鉴的东西。恶习只是偶尔使人不快；恶习的外部表象却从早到晚使人不快。说不定做一个傲慢的人，还比长着傲慢的外表强一些；性情傲慢只是偶尔侮辱别人，而外表傲慢却总在侮辱别人。再说，你绝对不要以为，像我这样看书的人是独一份。大部分人出于本能都是这样做的，而我则是有系统地、思想明确地、从合情合理和实实在在的角度这样做的，我的功绩无非如此而已。所以，他们读了书，并没有使自己变得比我更高尚。他们不想显得滑稽可笑，却仍然滑稽可笑。而我，是只有当我想显得滑稽可笑时才滑稽可笑，而且要远远地将他们抛在后面。这同一种艺术教会了我在某些场合避免显得滑稽可笑，也教会了我在另外的场合能表演得惟妙惟肖，胜人一筹。到了那种时候，别人说过的话，自己看过的书，全都一一浮上我的脑际。我再把自己老底里拿出来的东西全部补充上去。在这方面，我的老底之丰富恐怕令人咋舌呢！

我：你向我透露了这些秘密，做得很对。否则，我会认为你自相矛盾呢！

他：我一点也不自相矛盾。如果有一次需要避免显得滑稽可笑，恐怕就有一百次需要你拼命地显得滑稽可笑。在大人物面前，除了扮小丑，再没有更好的角色。早就有国王的小丑这个头衔，可从来没有过国王的智者这个头衔。我，我是贝尔丹和其他许多人的小丑，说不定此刻还是你的小丑，或者说不定你此刻是我的小丑。一个人如果是智者，大概绝不需要小丑。那么一个豢养小丑的人，他就不是智者。他不是智者，他就是小丑；哪怕他是国王，说不定他也是他的小丑的小丑。何况，你不要忘记，像风俗习惯这样一个变化多端的题目，根本没有什么绝对的、根本的、普遍的真或伪的问题，无非根据利害要求决定你做什么样的人：好人或坏人、智者或小丑，可敬或可笑、正直或邪恶。如果事出偶然，美德使我发财致富了，那么，要么我本来就具有美德，要么我也跟别人一样，是装模作样，将自己装扮成具有美德的样子。人家要我滑稽可笑，我就将自己培养成滑稽可笑的样子；说到邪恶，恐怕就只有天性的力量了。我说“邪恶”的时候，是用你的语言讲的。如果发生了一定要解释清楚的情况，说不定就会出现这种情形；我称之为美德的，你正好称之为邪恶；我称之为邪恶的，你正好称之为美德。

和我们聚在一起的，还有巴黎喜歌剧院的剧作者、男女演员，更常见的是他们的老板戈尔比、莫埃特，都是很有本领、很有价值的人！

噢，我还把伟大的文艺批评家们给忘了：《先驱者》呀，《小广告》呀，《文学年鉴》呀，《文学观察家》呀，《每周评论》呀，等等等等，有一大群专栏作者。

我：怎么，还有《文学年鉴》和《文学观察家》？这不可能，他们是死对头呀！

他：不错。不过，所有的乞丐一到了吃饭的大盆跟前就都和好了。那个该死的文学观察家！魔鬼把他和他出的那些玩意儿都抓走才好！那个狗教士、吝啬鬼、浑身发臭又放高利贷的家伙，我倒霉就是因为他！他头一天才首次出现在我们的视野里。他来到的时候，正是把我们都从窝里赶出来的时刻，也就是吃正餐的时刻。我们这伙人全都穷困潦倒，天气坏的时候，谁若是口袋里有二十四个铜板，可以雇一辆车，就算是幸运儿了！某一位先生，上午看见他的同伴来到时一身污泥、淋得落汤鸡似的，便加以嘲弄，结果他自己到了晚上回家时也是同样狼狈。有一个人，我记不得是谁了，几个月以前，跟我们保护人的看门人，一个萨瓦人，大吵了一顿。原来他们俩是活期账户①。债主要借债人清还，可是借债人没钱。

吃饭了，对修道院院长殷勤接待，让他坐在餐桌上首。我走进去，看见了他。我对他说："怎么，院长，你坐首席么？今天这样倒可以，不过明天就请你退到下一个座位，后天再往下退一个座位。你现在的位置，我从前也坐过一次；在我之后，弗勒龙也坐过一次；弗勒龙之后，多拉也坐过一次；多拉之后，巴里索也坐过一次。你就这样一个座位、一个座位往下退，右边也行，左边也行，直到有一天，从你现在的位置退到一个固定的座位，就在我旁边，你这个像老大一块乳酪，总是坐在两个笨蛋之间的家伙②，我是跟你一样的下流东西。"

院长是个老好人，对什么都不在乎，他笑起来了。小姐深

① 意为那个人曾向看门人借钱。
② 原文为意大利语。

深感到我的观察极为正确，我的比喻十分贴切，也笑起来了。所有坐在院长左右两侧，并且因为他的到来而退到下一个座位的人，也笑起来了。所有的人都笑了，只有我们的主人例外。他生起气来，说了我几句。如果只有我们两人单独在一起，这些话倒是完全无所谓的。——“拉摩，你是个无礼的家伙。”——“我知道得很清楚，恰恰是因为这个你才接待我的。”——“你是一个恶棍。”——“别人也是。”——“你是一个叫化子。”——“不然的话，我会在这里么?”——“我要叫人把你赶出去。”——“吃完饭我自己就走。”——“我也劝你这么做。”

大家进餐。我一口也没少吃。反正没比平时多吃，也没比平时少吃，不管怎么样，我从来不跟肚皮先生这个人物怄气。酒足饭饱之后，我下了决心，准备离开。我已经在那么多人面前下了保证，现在必须实践我的诺言。我在房子里转来转去好长时间，到我的手杖和帽子根本不在的地方去寻找手杖和帽子，心里一直指望着保护人再大发一通脾气，臭骂我一顿，于是有人出来劝解。我们生气生够了最后也就会重归于好。我转来转去，转来转去，因为我一点没往心里去。可是我的保护人呢，比《荷马史诗》里对着希腊军队射箭的阿波罗脸色还阴沉，怒气还大，便帽拉得比平时更低，手捏成拳头支着下巴，踱来踱去。这时小姐向我走过来。——“小姐，我倒要问问你，到底有什么了不得的事？难道我今天和我往日有什么不同么？”——“我要他滚蛋。”——“行，我滚，可我对他没有任何失敬的地方。”“请你原谅，院长是邀请来的，而且……”——“他请了院长，又接待我，和我一起，又接待像我一样的别的无赖，那他就是自己冒犯自己了。”——“算了，算了，我亲爱的拉摩，你一定要请求院长原谅。”——“我不需要他的原谅……”——“算了，算了，这些事过去就算了……”她牵着我的手，把我拉到院长的靠背椅旁边。我张开双臂，用一种仿佛钦佩的表情注视着院长。有谁曾经请求过院长的原谅呢？我对他说道：“院长，院长，这一切都很可笑，真的，是不是？……”于是我笑了起来，院长也笑了起来。就这样，我就算得到这一方的原谅了。可是还得接触另一方。对他我说什么话，那可就完全不同了。用怎样的措词向他道的歉，我已经记不大清楚了。——“先生，你看这个小丑……”——“他早就叫我受不了了，我再也不愿意谁在我面前提起他。”——“你生气了……”——“对，我非常恼火……”——“他再也不敢了。”——“一有机会，他就会故态复萌！”有的日子，他情绪很坏。遇上那种时候，小姐也怕接近他，只有戴着丝绒手套才敢碰他①。不知道那天是不是正好碰上这种日子，或者是他没听清楚我的话，要么是我没说好。总而言之，情况越来越糟。真见鬼！难道他不了解我么？

---

① 比喻小心谨慎。

难道他不知道我跟小孩一样，有时候想到什么就说什么吗？而且我想，上帝饶恕我吧，我想，我简直就得不到片刻的安宁。一个木偶，即使是钢铁做成的，从早到晚又从晚到早地拉动牵线，也会用坏的呢！我必须给他们解闷，这是条件。可是偶尔我自己也得开开心呀！我正这么胡思乱想，突然一个念头在我脑海中出现。我想："他们没有我不行，我是个紧要关节的人物。"这个念头惹了大祸，这个念头使我狂起来了，使我自负、傲慢起来了。

我：对，我想你对他们很有用，可他们对你更有用。你找也找不到这么好的人家。可是他们呢，缺一个小丑，还能找到一百个。

他：你说一百个像我这样的小丑！哲学家先生，一百个小丑，像我这样的，可不那么常见哟！对，庸俗乏味的小丑，倒还有。一般人对小丑比对才、对德更挑剔。我在这一行里是罕见之才，对，对，极为罕见。现在他们失去了我，该如何是好呢？只好像狗一样寂寞烦闷了。我是一个取之不尽、用之不竭的笑料宝库，每时每刻都能说出一句俏皮话，叫他们笑出眼泪来。对他们来说，我一个人就顶得上整个的巴黎精神病院。

我：所以你不愁吃，不愁住，也不愁穿，衣服、外套、绣花裤、鞋袜样样俱全，每月还有一个皮斯托尔[1]零用钱。

---

① 法国古币名，相当于十个里弗尔。

他：这是好的一面，受益的地方。可那负担呢，你却只字不提。如果传闻有了一个新剧本，不管天气如何，我得到巴黎各处的阁楼去搜索、打听，非要找到剧本的作者不可。我得把剧本搞到手，读一读，并且巧妙地暗示给他，这里面有一个角色，要是由我认识的一个人来扮演，那一定非常精彩。——“由谁扮演呢，请问?”——“谁? 真是问得好！这个人简直就是优雅、可爱、精美的化身。”——“你是说丹热维尔小姐吗? 真巧，你认识她?”——“对，有点认识。可我说的不是她。”——“那是谁呢?”我悄悄道出一个人的名字来。“她!”——“对，是她。”我有点不好意思，又说了一遍。有时我也有羞耻之心的。听到我再次道出这个名字，诗人怎样拉长了脸，还有的时候，人家对我嗤之以鼻，你就看吧！不管他愿意不愿意，我得把他带回来吃饭。他呢，害怕作任何承诺，一个劲地推托、拒绝。若是我跟人家没谈成这笔生意，保护人怎样对待我，你就看吧！那就要骂我是呆瓜、傻瓜、笨蛋、废物，还不如给我喝的那杯水。再说说，到了演出的时候，那就更糟糕。不管怎么说，观众是有判断能力的。我得在观众的一片喝倒彩声中，勇敢无畏地走进去，发出孤独的掌声，将人们的视线吸引到我的身上，有时就这样让女戏子躲过了观众的嘘声。这时我听到身旁有人低声耳语：“这个家伙，肯定是她情人家里的一个下人，化装前来的。这个臭无赖，他还不安静下来? ……”是什么动机能使人下定决心干出这种事来，人家完全不了解。有人以为是愚蠢，当然这是个可以原谅一切行为的理由。

我：甚至可以原谅犯法的行为。

他：可是到最后，人家认出我来了，说道："啊呀，这是拉摩!"这时我的计策，就是来上几句讽刺挖苦的话，可以挽回一点我那孤独掌声的滑稽可笑。他们对那掌声可以作完全相反的理解。一定是有很大的好处，才会叫一个人敢于冒犯大众的，每次完成这样的苦差，得到的赏赐都胜过一个小小的银币，这你得承认吧?

我：你为什么不找人帮忙呢?

他：有时我也找人帮忙，从中还能得到一些油水。到受刑的地点去以前一定要让脑子里装满剧中精彩的段落，正好演到这种地方的时候去定调子最要紧。若是碰上我把这种地方忘掉了，或者搞错了地方，回来时就会浑身发抖，因为到家以后人家怎样对我大嚷大叫，你根本料想不到。还有，家里还有一帮狗要照管。确实是我主动要求干这个活的，我真傻。我还给猫当总管。若是米古赏给我一爪子，将我的袖口或手抓破，我就高兴得心花怒放。克里盖特容易患腹痛，给这只猫按摩肚子也是我的事。从前，小姐常头晕，现在是神经不好。至于其他的轻微不适，我就不说了，反正她在我面前是不避讳的。这些就不谈了吧!我从来不赞成强制别人干什么，或强制别人不干什么。我在书上看到过，什么书我忘了，有一个号称大帝的君主，有时靠在他情人的马桶靠背上。跟亲近的人在一起尽可以随随便便，我那时候比谁都随便。我是不拘礼节和随随便便的鼓吹者。而且我作出示范来鼓吹，并没有惹恼一个人。只要让我随意而行就可以了。我已经向你勾画了我的保护人的轮廓。现在小姐已经开始体态笨重了。那些人为这事编的瞎话，有鼻子有眼，你一定要听听！

我：你不在那些人之列吧？

他：为什么不可以呢？

我：让自己的保护人作为人家的笑柄，至少也是失礼吧！

他：可是，自恃对人施恩就有了特权，可以叫受他保护的人去遭人白眼，岂不更坏么！

我：可是，如果这个受保护的人不自轻自贱，那就根本不会赋予保护人这样的特权。

他：可是，如果这些大人物自己没有干出可笑的事情，人家也不会给他们编瞎话呀！他们自己干了丑事，难道是我的过错么？他们干了丑事，人家出卖他们，讥笑他们，难道是我的过错么？他们决心和我们这号人搞在一块的时候，要是有点常识，就应该预料到不知会有多少卑鄙的勾当。他们收留我们的时候，难道不了解我们是些什么玩意，不了解我们这些人自私自利、卑鄙下流、背信弃义的灵魂吗？了解我们，一切都好办，就会有一个默契：他们要给我们好处；而我们早晚有一天要恩将仇报。在人与自己豢养的猴子或鹦鹉之间，不就存在着这种默契吗？布伦大发雷霆，说巴里索既是他的门客又是他的朋友，却写打油诗攻击他。巴里索大概是写了打油诗，可是那怪布伦自己。布万西奈大发雷霆，说巴里索写打油诗攻击布伦，却栽赃到他头上。巴里索大概是这么干了，可是那要怪布万西奈自己。矮个子雷伊院长大发雷霆，说他把他的朋友巴里索介绍给自己的情妇，可是巴里索将他的情妇抢走了。他根本就不应该将巴里索这号人带进自己情妇的家门，要么就狠狠心让她被抢走算了。巴里索是尽了自己的责任，这事应该怪雷伊院长自己。书商大卫大发雷霆，说他的合伙人巴里索已经或者曾想跟他的老婆睡觉。书商大卫的老婆大发雷霆，说巴里索逢人便讲，让人以为他已经跟她睡过觉了。巴里索是否跟书商大卫的老婆睡过觉，这事很难确定，因为那女人说不定会否认已有的事，而巴里索也能叫人相信没有的事。不管怎么说，巴里索扮演了他应该扮演的角色，这事应该怪书商和他的老婆。爱尔维修大发雷霆，说巴里索在舞台上把他描绘成了一个小人，可他曾经借钱给巴里索让他治病、糊口和置衣裳，巴里索至今尚未归还。一个人浑身沾满了各种丑事恶行，闲着没事干让他的朋友发誓弃绝宗教，侵吞他合伙人的财产，无法无天无情无义，不择手段追逐财富，每活一天都要干坏事，在舞台上自己就把自己描绘成最危险的一个恶棍，这样的厚颜无耻，我看也是空前绝后的。这样的一个人，难道能指望他不这么干么？当然不能。所以，过错不在巴里索，而应该怪爱尔维修自己。如果带一个外地小伙子去逛凡尔赛动物园，小伙子傻乎乎地竟然把手伸进关老虎或豹子的铁栏杆里面去，让猛兽给咬去一只胳膊，这该怪谁呢？这在默契上都写得明明白白。谁无视或者忘记了这个，谁就活该倒霉。有人指责别人心怀叵测，实际上只应该怪自己傻。我用这个放之四海而皆准的神圣的契约，可以为多少受指责的人辩护啊！是的，胖伯爵夫人，当你将你们那种人称之为小人的人聚集在你的周围，这些小人给你干出卑鄙的勾当，也叫你干出卑鄙的勾当，使你受到正人君子痛恨的时候，那只能怪你自己不好。正人君子做正人君子该做的事，小人也干小人该干的事。问题是你不该接待他们。如果贝尔丹舒舒服服地、安安静静地和他的情妇一起过日子；如果他们品行正直，结交正直的人做朋友；如果他们将才子和社会上德行昭著的人吸引到自己周围；如果他们在宁静的闲居中，除了享受两人相聚、相爱、互相倾诉爱慕之情的欢乐之外，还能忙里偷闲，与一小群有知有识、精心挑选的人物聚聚，你说，人家还会给他们编造什么可笑的或者可恶的瞎话吗？他们现在得到了什么报应呢？正是他们应得的报应。他们自己行为不慎，已经受到惩罚。我们这些人，上天一向给我们的使命就是惩罚当代的贝尔丹之流。我们的后代中与我们同类的人，上天给他们的使命就是惩罚未来的蒙梭日之流和贝尔丹之流。当我们对这些蠢材履行上天正确的旨意时，你们将我们的本来面目描绘出来，你们也是对我们履行上天正确的旨意。以我们这样的道德败坏，如果我们还打算享有公众的尊敬，你们会对我们作何想法呢？会以为我们是些疯子吧？那么，对天性邪恶、卑鄙下流的人，指望他们会有坦荡的行为，这种人算聪明么？人世间的一切都是有报应的。有两个总检察长：一个在你的面前，惩治反社会的犯罪行为；另一个便是天意。凡是逃过了法律惩罚的恶行，天意都晓得。你淫欲过度，就要得水肿病；你放荡下流，就要得肺病。你向恶棍打开大门，和他们混在一块，人家就要出卖你、挖苦你、看不起你。最简单的办法就是对这些裁决的公允心安理得，心中暗想道："这是罪有应得。"摇摇耳朵，从此改邪归正，或者"我行我素"，但是条件亦如上述。

我：你说得对。

他：再说，这些瞎话，没有一点是我编造的。我只是扮演贩卖者的角色而已。据说几天以前，早晨五点钟光景，忽然听得大喊大叫，家里所有呼叫仆人的铃都响了起来。只听得一个男人，透不过气来，发出断断续续、嘶哑的呼喊："快救命啊！我喘不过气来，我要憋死了！"这呼喊声是从主人房里传出来的。人人都跑去救他。我们那位粗大肥胖的美人，已经昏了头，正像那种时候常出现的情形一样，已经身不由己，对一切都视而不见、听而不闻了。她继续加速动作，用两手把身体高高地撑起来，然后从最高处，以狂欲赋予的最大速度，将她二三百磅的体重朝这位度支官身上砸下来。人们费了好大的力气才把度支官给解救出来。一个小小的铁锤，非要放在沉重的大铁砧底下，亏他想得出来！

我：你真下流。咱们说点别的吧！从咱们开始聊天起，我就有一个问题，已经话到嘴边了。

他：为什么这么半天不问呢？

我：我怕太唐突。

他：我刚才连那种话都向你透露了，对你还能有什么秘密呢，我真不知道！

我：我对你的性格所作的评判，你相信吗？

他：我完全相信。在你的眼里，我是一个十分卑鄙下流的家伙。有时我也自认为如此，不过难得这样看就是了。对我自己的恶习，我沾沾自喜的时候比自怨自艾的时候更多。你的蔑视态度倒更坚定。

我：真是这样。不过，你为什么要把那些卑鄙龌龊的事全都暴露在我的面前呢？

他：首先，因为你已经了解一大部分，我知道把其余的也向你招供出来，所得是要胜过所失的。

我：请问，为什么这么讲呢？

他：如果说，做什么事都要出类拔萃很重要，那么在作恶上就更是如此。对一个小偷，人家要唾骂，但是对于一个重大杀人犯，人们却不能不有些佩服。他那么胆大，使你惊异；他那么残忍，又使你为之战栗。不论在什么事情上，性格始终如一，人们总是赏识的。

我：这种可贵的性格如一，你还没有具备。我总觉得你在原则问题上仍不时摇摆。你的为恶是出于天性还是后天学来的，这种功力是否已使你达到最高境界，都还不能肯定。

他：这我同意。不过我已尽了最大努力。我不是很谦虚地承认有人比我更尽善尽美吗？我不是怀着极大的钦佩跟你谈过布莱吗？在我心目中，布莱是世界上第一号人物。

我：那仅次于布莱的，就是你！

他：不是。

我：那么是巴里索喽？

他：对，是巴里索，但不止巴里索一个人。

我：那么谁够资格和他并列亚军呢？

他：是阿维尼翁的奸贼。

我：我从来没听说过这个阿维尼翁的奸贼。这大概是个非常出人意料的人物吧！

他：正是。

我：我对伟人生平一向很有兴趣。

他：这我很相信。这个人从前住在一个善良正直的亚伯拉罕后裔家里。亚伯拉罕的后裔，为上帝所赐，多得不可胜数，有如满天繁星。

我：就是说，他住在一个犹太人家里？

他：对，在一个犹太人家里。他首先骗取了人家对他的怜悯，然后又骗取了人家的好意，最后更骗取了人家对他完完全全的信赖。事情总是这样的：我们对施恩于人往往指望太大，结果对于大大受恩于我们的人，就几乎不保留什么秘密了。我们吹嘘什么忘恩负义也不会受到报应，实际上就是引诱人家这么干。在这种情况下，还能不出忘恩负义的人？这种考虑是完全正确的，而我们说的这位犹太人却没有这么想。他向那个奸贼道出了内心的秘密，说凭良心他是不能吃猪肉的。一个诡计多端的人从这样的招供中能捞着什么好处，你一会儿就能看见。几个月过去了，这期间，奸贼表现得加倍亲热，一直到他认为这个犹太人已经完全为他的殷勤所打动、所俘虏，深信在以色列的各支派中没有比他更好的朋友了……这个人办事谨慎，你得佩服吧！他不慌不忙。他要让梨子熟透了再摇晃树枝，他知道操之过急会使他全盘皆输。一般来说，伟大的性格乃是从数种截然相反的品质自然平衡中产生出来的。

我：好啦！把你的思考先放在一边，接着给我讲你这个故事吧！

他：这办不到。碰上某些日子，我非思考不可，这个毛病只好任其发展了。我说到什么地方了？

我：说到犹太人与奸贼之间已经建立了极为亲密的关系。

他：对，梨子已经熟了……可是你没有听我讲，你出神了。你在想什么呢？

我：我在想你的语调变化很大，忽高忽低。

他：难道一个坏人的语调能够和谐统一么？一天晚上，他来到挚友家中，惊慌失措，说话上气不接下气，脸色苍白像个死人，浑身颤抖。——“你怎么啦?”——“我们算完了。”——“完了？怎么回事?”——“我告诉你吧，完了，无可救药地完了!”——“你说个明白嘛!”——“等等，让我定定神。”——“好，定定神吧!”犹太人对他这样说。他本来就应该对他说：“你是个大骗子。你要告诉我什么，我不知道；可是你是个骗子，你那惊恐的样子，是装蒜。”

我：为什么他应该对那个人说这话呢?

他：因为那家伙假里假气，做得太过分了。这个我很清楚，请你再不要打断我了。——“我们算完了，无可救药地完了!”反复说“完了，完了”，你不觉得这很不自然吗?——“一个坏蛋已经向宗教裁判所告发了我们，说你是一个犹太人，说我是一个奸贼，一个无耻的奸贼。”你看见了吧，这个奸贼使用最令人讨厌的字眼而不脸红。用自己的确切身份来称呼自己，那勇气一定是一般人想象不到的。下了多少工夫才能达到这种地步，你是不会知道的。

我：当然不知道。可是这个无耻的奸贼，他……

他：他根本是瞎说。可是他瞎说得很巧妙。犹太人惊慌起来，直扯自己的胡子，在地上打滚，又哭又叫。他仿佛看见警察已来到他家门口，仿佛看见自己已经穿上了地狱服[①]，仿佛

① 指宗教裁判所给判处火刑者穿的黄色衣服。

看见火刑已经为他准备就绪。——“我的朋友，我亲爱的朋友，我独一无二的朋友，怎么办呢？……”——“怎么办？照样抛头露面，作出安然无事的样子，一切行动照常。宗教裁判所诉讼保密，进展缓慢。必须利用这段时间，把东西全卖出去。我去租一条大船，或者通过第三者去租一条大船。对了，最好通过第三者。我们把你的全部财产装到船上，因为他们看中的主要是你的财产。然后，你和我，咱们就到别的地方去寻求自由，敬奉我们的主的自由，安安稳稳遵循亚伯拉罕和我们良心的意愿的自由。我们现在处境危险，最要紧的，就是绝不要鲁莽从事。”说干就干。租好了船，粮食和水手也已备齐。犹太人的财产装上了船。第二天拂晓时分就要开船。现在他们可以高高兴兴地吃顿晚饭，安安稳稳地睡一觉，第二天他们就要逃出迫害者的掌心了。夜里，这个奸贼起来，把犹太人的票据、钱袋和珠宝偷个精光，上了船，走了。你以为故事就到此为止了么？嘿嘿，那你可就想错了。为了测试一下你的聪明程度，有的事情我略过了，没有对你讲。人家给我讲这个故事的时候，我一下子就猜着了。你当个老实人，算做对了；否则，你想当骗子，充其量是个小小的骗子。到此为止，这个奸贼不过是个无人愿与其为伍的坏蛋而已。他的为恶登峰造极之处，乃在于向宗教裁判所告发他的以色列好朋友的家伙，就是他自己。这个以色列人一睁开眼就被宗教裁判所抓走。几天以后，就用他燃起了节日美丽的篝火。这样，将我们的主钉在十字架上的人的这一可诅咒的后代送了命，那个出卖朋友的人就可以安安稳稳地霸占他的财产了。

我：你讲的这个奸贼穷凶极恶，叫我心惊胆战，你叙述这个故事时那种口气，也叫我胆战心惊，真说不出来到底是哪个叫我最难受。

他：我刚才不正是跟你这么说的么！这一行为非常残酷，使你的感情超出了蔑视的范围。这也是由于我的叙述真实可靠的缘故。我本来就想让你体会体会我在这门技艺中已经达到多么高的造诣，非要你承认我即使卑下也至少独具一格不可。我本来就希望，在你心目中我能跻身大恶棍的行列，以便放声高唱："Vivat Mascarillus，fourbum imperator."[①] 来吧，快活快活，哲学家先生，跟我一块唱吧！"Vivat Mascarillus，fourbum imperator！"

说到这里，他就表演起一首非常奇特的赋格曲来。那旋律忽而庄严肃穆、富丽堂皇，忽而轻松愉快又有些滑稽。他一会儿模仿低音部，一会儿模仿高音部的一部分。他将手臂伸长，脖子伸长，向我表示延长的地方。后来他又自编自演了一首凯旋曲。从这里可以看到，他对于优美的音乐，远比对于良好的品行见长。

我真不知道应该待下去呢，还是应该逃走，该发笑，还是

---

① 拉丁语，诡计大王马斯卡利乌斯万岁。马斯卡利乌斯是莫里哀戏剧中的一个角色，源自意大利喜剧，是个诡计多端的仆人。

该发怒。我还是留下来了，想将谈话转到另外的题目上去，以驱散我心中的一片厌恶情绪。一个人，谈论一件令人不寒而栗的行为、一件罪恶滔天的恶行时，竟然像绘画或诗歌的鉴赏家品评一件格调高雅作品的尽善尽美之处一样，或者像伦理学家或历史学家将一件英雄业绩详细揭示出来并加以宣扬一样，这样的一个人站在我面前，我开始难以忍受了。我不由自主地面色阴沉起来。他觉察到了，对我说道：

他：你怎么啦？不舒服么？

我：有点儿。不要紧，过一会儿就会好。

他：你那心事重重的样子，很像一个人为什么伤脑筋的事心烦意乱呢！

我：正是这样。

有一会儿他和我都默默无语。他一面吹着口哨唱着歌，一面来回踱着。为了使他回到他的才能这个题目上来，我对他说道：

我：你最近在干什么？

他：什么也没干。

我：做事是很累人的。

他：我本来就够笨的了。我去听了杜尼[①]和我们青年作曲

---

① Egidio Romualdo Duni（1709—1775），意大利作曲家，曾任意大利喜剧院院长，一七五二年来到巴黎，与法瓦尔、瓦戴等人合作创作、演出了二十多出喜歌剧。他于一七五七年创作的喜歌剧《画家爱上了他的模特儿》尤其著名。

家的音乐作品，给了我致命的一击。

我：那么你是赞成这种风格了？①

他：当然。

我：那么你从这些新歌曲中找到了艺术美喽？

他：这还用问吗！当然了，我可以向你保证！吟咏得多么精彩！多么真实！表现得多么生动！

我：凡是模仿性艺术在自然中都有其原型。一个音乐家创作一首乐曲时，他的原型是什么呢？

他：为什么不从更高的角度来看待这个问题呢？首先，什么是乐曲？

我：我要坦率承认，这个问题我无法回答。我们大家都有这种情况：我们脑海中只不过有一些词汇，由于经常使用，甚至还能使用得相当正确，我们就自以为理解了这些词汇的含义，而实际上却只把握住一些模糊的概念。当我说出乐曲这个词的时候，与你以及你的大部分同类说声誉、责骂、荣耀、恶行、美德、谦虚、端正、羞耻、可笑这些词的时候一样，我的概念也并不比你们更明确。

他：乐曲是用艺术所创造的或由自然所激发的分成音阶的

---

① 这里谈的是一七五二年八月一日爆发的喜剧之争。那天意大利剧团在巴黎上演佩尔戈莱西的《女仆做夫人》，整个巴黎音乐界、文艺界分裂成两个阵营，争论激烈。卢梭称这场争论“比一场宫廷政变或一件宗教事件还激烈”。本文曾数次谈论这个问题，如谈到音乐家拉摩时，说他打倒了吕利，自己也断送在意大利的名家高手手里。

音，随你的心意，或用歌喉或用乐器，来模拟自然声响或感情的心曲。你会看到，在这个定义里，将该改动的几个词改动一下，这个定义便完全适用于绘画、修辞、雕刻和诗歌。现在，我们回到你的问题上来：音乐家或乐曲的原型是什么？如果这个原型是有生命的、有思想的，那就是道白；如果原型是无生命的，那就是声响。应该将道白看作一条线，乐曲是另一条线，它蜿蜒追随着道白这条线。作为乐曲的原型，道白越是有力，越是真实，遵循着道白的乐曲与它相交的点越多，乐曲就越真实，越优美。对这一点，我们的青年音乐家[①]体会很深。当我们听到《我是一个可怜虫》[②] 这首歌的时候，便仿佛听见一个守财奴的怨诉。当这个守财奴将黄金埋在地下的时候，如果不是唱，而是对大地说道："啊，大地，接受我的珍宝吧！"那语调也是一样的。而一个少女，感到脸红心跳，手足无措，哀求老爷放她走的时候，表达的方式就可能与此完全不同。这些作品中，性格丰富多彩，道白方式变化无穷。这是非常了不起的，我对你这么说，保证错不了。小伙子感到自己就要死去，高声唱着《我的心儿要远行》[③] 那一段，你去听听吧！听听那歌唱，听听那配乐，然后你告诉我，一个垂死的人真实的声音和这段音乐的表达方式之间有什么区别。你会看到，乐曲

① 指杜尼及其合作者们。
② 杜尼的歌剧《疯人岛》中的一段。
③ 菲利多尔的歌剧《马掌师傅》中的一段。

这条线是否与道白那条线完全相吻合。我还没有对你谈及节奏问题，那是乐曲的又一个条件。我仅限于谈表达。我在什么地方读到这么一句话：Musices seminarium accentus，音节是曲调的源泉。没有比这话说得更透彻的了。从这里你可以断定，善于创作宣叙调，是多么困难又多么重要的事情！任何美妙的乐曲，都可以改编为美妙的宣叙调；任何美妙的宣叙调，技巧纯熟的人也能将其改编为美妙的乐曲。一个很会朗诵的人，是否也一定很会唱歌，我不敢保证；但是一个很会唱歌的人，若是不会朗诵，那我真是莫名其妙了。请你相信我对你说的这一切，这都是实话。

我：相信你的话，我当然求之不得。只是有一个小小的障碍，还使我有些犹豫。

他：是什么障碍呢？

我：这就是说，如果你刚才谈的那种音乐是美妙的，那么，神圣的吕利、康普拉①、德斯杜施②、穆雷③，甚至不瞒你说，还有你亲爱的叔叔，他们这些人的曲子，就一定有些平淡了。

他：（凑到我耳边）这里有许多人认识我，我不愿意别人听见我的话。我叔叔创作的曲子也是平淡的。我倒不为亲爱的

① André Campra（1660—1744），法国作曲家，法国歌唱芭蕾剧的奠基者。
② André Cardinal Destouches（1672—1749），法国作曲家，康普拉的弟子。
③ Jean-Joseph Mouret（1682—1738），法国作曲家。

叔叔担心，既然他已“身价很高”[①]。他这个人简直就是一块石头。他看见我渴得舌头垂下一尺长，都不会给我一杯水喝。他那第八音，第七音，轰轰，哼哼，都都都，都尔律都都，像魔鬼一样聒噪刺耳，一点意思也没有。只要粗通音乐、不再把吵吵闹闹当成音乐的人，怎么也不会适应这个调调。应该发布警察条例，禁止任何人，不管他职务多大，地位多高，叫人演唱佩尔戈莱西[②]的《圣母悼歌》。这个《圣母悼歌》，应该叫刽子手来亲手将它烧毁。说实话，这些该死的“小丑”，用他们的《女仆做夫人》《特拉高罗》，已经狠狠地打了我们的屁股。从前，一出《唐克莱德》《埃西》《多情的欧罗巴》《多情的印度女郎》《卡斯托耳》《诗才》[③]，等等，可以演上四个月、五个月、六个月。《阿尔米德》[④]一直就没有停演过。现在，所有这些剧目，都像纸牌城堡一样一个挨着一个倒了下去。所以雷伯尔和弗兰克尔暴跳如雷。他们说一切都完了，他们要破产了；说如果继续容忍这种露天市场的下流演唱，民族音乐就要见鬼去了；他们还说，死胡同里的王家学院[⑤]只好关门大吉。这里面，倒有些真话。那些三四十年来每逢星期五便来到剧院

---

① 这是一个文字游戏，法文中“cher”一词，既可以作“亲爱的”解，也可作“昂贵”解。

② Giovanni Battista Pergolesi（1710—1736），意大利作曲家、小提琴家、管风琴家。

③ 这些都是当时法国经常上演的歌剧，其中《唐克莱德》为康普拉作曲，《埃西》系吕利作曲，《多情的印度女郎》《卡斯托耳》及《诗才》系拉摩作曲。

④ 吕利作曲的抒情悲剧，一六八六年在巴黎首次演出。

⑤ 指歌剧院，位于王宫广场附近的一个死胡同里。

的老顽固们，以前总是玩得很高兴，现在都感到厌倦，呵欠连天，却不知道原因何在。他们百思不得其解。为什么不来问问我呢？杜尼的预言一定会实现。按照现在事情发展的趋势来看，从《画家爱上了他的模特儿》上演算起，四五年后，要是在那著名的死胡同里还有一个活人，我就情愿死掉。那些尊贵的先生们已经放弃了他们原来的交响乐，改奏意大利交响乐了。他们以为自己的耳朵会适应意大利交响乐，而对声乐却没有什么影响，似乎交响乐之于歌唱与歌唱之于真正的道白并不相同。实际上，除了少许的自由度以外，歌唱完全是受乐器的音域和手指的灵活度启发的；在他们看来，似乎小提琴不是模拟的歌手，而当有一天，苛于求新的歌手取代了美貌的歌手的时候，歌手也会成为模拟的小提琴。他们说，第一个演奏洛加泰利作品的人就是新音乐的传播者。这话你对别人说去吧，我可不信。难道要让我们永远习惯于用乐曲和歌喉，用乐器去模拟情感的话语和自然现象，因为这就是音乐对象的整个范围么？而我们也要永远保持对于腾跃、投枪、卓著的军功、凯旋、胜利的兴味么？“去看看他们是否来了，让！”[①] 他们以为，只要配上音乐，看到悲剧或喜剧的某些场景时，他们仍会流泪或捧腹大笑，传到耳边的还是愤怒、仇恨、嫉妒的音符、爱情真实的怨诉、讽喻、意大利或法兰西戏剧的噱头；他们依

① 出自拉莫特一首歌曲，已成为谚语，意为别指望了。

然会对《拉贡德》[1] 和《柏拉德》[2] 赞赏备至。我向你保证，这都是胡说八道。他们大概会不断感受到意大利语言的和谐、韵律、省略及词序颠倒运用得多么自如、多么灵活、多么柔和，非常能适应技巧、速度、表情、各种歌曲以及声音的节奏感。他们会继续无视他们自己的语言是多么生硬、沉闷、笨重、呆滞、学究气十足和单调乏味。就是这样，就是这样。他们深信，看到一位母亲为儿子死去而痛哭，他们也会洒上一掬泪水；暴君下令进行屠杀，他们也会浑身颤抖。对这类梦幻剧、庸俗乏味的神话、甜丝丝的小牧歌，他们是不会厌倦的。这些东西既表现了文人的庸俗趣味，也表现了竟然忍受这些东西的艺术的贫乏。尊贵的先生们，不会是这样的，也不可能是这样的！真、善、美有它们正当的权利。一开始，人们会对它们有所争议，但到最后必然赞赏它们。没有打上这一标记的东西，可能一时为人们赞赏，但到最后，人们就要打呵欠了。打呵欠吧，先生们！放开打吧，先生们，不要拘束！自然的王国，也是我所说的三位一体的王国，地狱的大门永远压不倒它。“真”是圣父，它产生了“善”，即为圣子，由此又出现了“美”，这就是圣灵了。这个自然的王国，也是我所说的三位一体的王国，定会慢慢建立起来。外来的神初来乍到时，谦卑地

---

① 全名为《拉贡德的爱情》，穆雷作曲。
② 拉摩于一七四九年创作的歌剧。

置身于本地神旁边的祭坛上。渐渐地，他的地位稳固起来。有一天，他用胳膊肘推了他的伙伴一下。于是，“吧嗒”一声，那偶像立即倒地。人家说，耶稣会士们把基督教移植到东方，情形就是如此。不管冉森教派的人怎么说，这种极为有策略的方法，不声不响，不流血，不杀人，不拔掉一根毫毛，就达到了目的，在我看来，是最好的办法。

我：你刚才说的这番话，还有点道理。

他：有点道理？那太好了。若是说我花了多少工夫，那也是见鬼！这就像我推推你一样，轻而易举。我的叔叔出现的时候，我就像在“死胡同”里的乐师一样动弹不得呢！要是我这番话讲得比较及时，那无非是因为，一个烧炭的学徒谈起他的本行来，总要比所有学术协会的人和全世界的杜哈曼们[1]强得多。

于是他又开始踱来踱去，哼唱起《疯人岛》《画家爱上了他的模特儿》《马掌师傅》《女讼师》[2] 的若干曲调，不时举起双手，抬眼望天，高声叫道：“这美不美！天哪！这美不美！一个人头上长了耳朵，还能提出这样的问题吗？”他开始兴奋起来，低声吟唱。接着他越来越起劲，嗓门也提高了。手势、面部表情和身体动作也都相继而来。他已经昏头昏脑，又要出

① 杜哈曼·蒙梭及其兄弟，还有杜哈曼·德兰维里叶，均为学识渊博的学者，曾写《烧炭人技艺》一书。

② 均为杜尼及其合作者创作的歌剧。

洋相了。果然，他扯着嗓门唱起来："我是一个可怜虫……老爷，老爷，放我走吧……啊，大地，接受我的珍宝吧；保存好我的财富……我的灵魂，我的灵魂，我的生命！啊，大地！……亲爱的朋友在这里，亲爱的朋友在这里！[①]... aspettare e non venire ... a Zerbina penserete ... sempre in contrasti con te si sta[②]..."他把意大利的、法国的、悲剧的、喜剧的，各种性质的三十首曲子堆在一起，混在一块。忽而是低音，一直低到地狱下面；忽而扯着嗓门喊叫，模仿假声，又高入云端。他模仿着歌曲中各种人物的步履、姿态和手势，愤怒、温和、高傲、讥刺的表情相继出现。忽而是一个痛哭流涕的少女，他将那少女矫揉造作的神态表现得淋漓尽致；忽而他又是教士、国王、暴君，威胁、发号施令、暴跳如雷；忽而他又扮成奴仆，惟命是从。他怒气平息，他懊恼，他抱怨，他大笑，可从来不走调，不错节拍，不违背歌词的意义和曲调的性质。所有推木头的人都离开了各自的棋盘，聚集在他周围。咖啡馆的窗外也挤满了闻声停步的行人。哄堂大笑的声音几乎要把屋顶掀开。可是他毫无觉察，在精神错乱和近于疯狂的激情控制下，继续表演下去。真不知道他是否还能恢复正常，是否需要把他扔进

---

① 出自歌剧《疯人岛》。

② 意大利语，莫前来，且等待……你要把泽尔比娜记心怀……与你相比，人人逊色。这是《女仆做夫人》中的一段唱词。

马车直接送到精神病院去。唱到若麦里[1]《悲叹》中的一段时，他用令人难以置信的准确、真实和热情反复唱着每一节中最优美的地方。先知描述耶路撒冷的毁灭时，有一段整个乐队伴奏的优美的宣叙调。他演唱时热泪纵横，在场的每一个人都情不自禁地落下泪来。细腻的演唱，有力的表达，痛苦的表情，一应俱全。作曲家突出表现了其大师手法之处，他都着重表现出来。他有时离开歌唱部分，去充当乐器演奏部分；然后又突然离开演奏部分，回到歌唱部分。他就是这样将两部分有机地配合起来，以保持两部分的联系和整体的统一。在我从未感受过的最奇异的情景中，他抓住我们的武器[2]，高高举起……我是否赞叹呢？对，我赞叹不已！我是否心怀怜悯呢？是的，我很怜悯他。但是在这些感情中混进了一丝滑稽可笑的感觉，改变了上述情感的性质。

看见他模拟各种乐器的模样，你大概会忍俊不禁的。他双颊鼓起，鼓得老高，发出嘶哑的声音，表现号和巴松管；他用响亮的鼻音来表现双簧管；他用令人难以置信的速度急速变换着嗓音，寻找着最相近的声音来模仿弦乐；他用吹口哨来代替小笛；他像鸽子一样咕咕地叫，便是横笛。他又叫又唱，像个疯子一样折腾着；一个人扮演男女舞蹈演员，男女歌手，整个

---

① Niccolò Jommelli d'Aversa（1714—1774），意大利作曲家。

② 当指手杖之类。

乐队，整个歌剧团；一个人分饰二十个不同的角色，一会奔跑，一会停下，就像着了魔一样，双眼闪射着光芒，嘴上喷着唾沫星子。那天气温极高。汗水沿着他额上的皱纹、顺着双颊往下淌，与头发上扑的香粉混在一起倾注下来，在外衣的上端留下一道道污痕。他什么表情我没见到呢？他哭，他笑，他叹息；他凝神注视，深受感动，安静自如，火冒三丈；一会儿他表演一个痛苦得昏厥过去的女人，一会儿表演一个走投无路的倒霉鬼；高耸入云的神殿；夕阳西下时安静下来的飞鸟；僻静、凉爽之处的潺潺流水，或是高山上奔腾而下的飞泉；一场雷阵雨；海上风暴，遇难即将身死的人的呼号，夹以狂风呼啸、雷声滚滚；一会儿又是漆黑的夜晚，一片阴暗和寂静，就连寂静也能用声响描述出来。他已经完全丧失理智。累得精疲力竭以后，他像一个刚刚从酣睡中醒过来的人或久久心不在焉的人那样坐在那里，呆若木鸡，表情呆滞，惊愕迷茫。他向四周张望，仿佛一个迷路的人极力要辨别自己身在何方。他等待着体力和精神恢复过来。他下意识地擦拭着面孔，仿佛一个人一觉醒来，看见自己床铺四周围了一大群人一般。他完全忘记了或者根本无视自己刚才的所作所为，一下子大喊大叫起来："喂，先生们，出什么事啦？为什么你们又笑，又惊讶？这是怎么一回事？"然后他接着说："这才应该叫音乐和音乐家呢！不过，先生们，也不应该看不起吕利的某些作品。谁能将'啊！我要等待'这一场一字不改地演得更好，我看未必。也不要看不起康普拉的某些段落，我叔叔的小提琴曲和加沃特舞曲，他创作的战士、教士、祭司的前奏部分……‘惨淡的烛光，比黑暗更可怕的夜晚……魆魍之神，忘却之神……’[①]”唱到这里，他提高了嗓门，拉长了声调。他身旁的人都逃到窗边，我们都用手指堵住耳朵。他补充道：“这种地方就需要声音洪亮，器官有力，肺活量大。四旬斋和主显节已经过去。不久就要为圣母升天节效劳了。他们还不知道演奏什么音乐，当然也不知道对音乐家说来什么最合适。抒情诗还有待产生。不过有一天他们会达到这个水平的。经常听佩尔戈莱西、萨克森人[②]、戴拉德格里亚斯[③]、特拉埃达[④]和其他人的作品，经常阅读梅达斯塔斯的作品，他们就一定会达到这个水平。”

我：怎么，难道基诺[⑤]、拉莫特[⑥]、封德内尔对此也一窍不通么？

他：对于新的风格他们不行。把他们全部美妙的诗作拿来看看，就没有连续六行能够谱曲的。那都是精巧的格言，轻飘飘、软绵绵、雅致的情诗；可是我们的艺术，是所有艺术中最强有力的艺术，就连德摩斯梯尼[⑦]的艺术也包括在内。要知道

---

① 《卡斯托耳》中的一段。

② 指哈斯（Jean Adolphe Pierre Hasse，1699—1783），德国作曲家。

③ Domingo Miguel Barnabé Terradeglias（1713—1751），西班牙音乐家。

④ Thomas Traetta（1727—1779），意大利音乐家。

⑤ Philippe Quinault（1635—1688），法国诗人、剧作家。

⑥ Antoine Houdar de La Motte（1672—1731），法国悲喜剧诗人。

⑦ Demosthenes（前384—前322），古希腊演说家、政治家。

这些诗句对我们的艺术来说是多么空洞无物，你可以叫人背诵一下这些段落，你会发现这些诗句是多么平淡、多么没有生气、多么单调！那里面没有任何东西可以作为歌曲的原型。我倒宁愿将拉罗什富科的《箴言集》或者帕斯卡尔的《随想录》拿来配乐。只有在激情兽性般的呼喊中写出的诗行，才适合我们。这样的诗句必须一个紧接一个，句子必须简短，意义应该直截了当，又耐人寻味。作曲家必须能够自由处置一切和每一段落，删削一个词或者重复一个词，缺一个词就可以加上；拿它像水母一样翻过来倒过去而不会将它毁坏。词序可以倒置的语言，其本身就有这一切优点。与这些语言相比，法语抒情诗要困难多了……“野蛮的人，残酷的人，把你的匕首插进我的胸膛吧！我已经准备好，接受这致命的一击。来吧！别怕……啊，我周身瘫软，就要死去……神秘的火焰在我周身燃烧……残酷的爱情，你要我怎样……让我享受这我曾经享受过的甜蜜的宁静吧……把理智还给我……”感情必须强烈。作曲家和抒情诗人的衷情应该达到极点。乐曲几乎总是在一场的结尾。我们必须有感叹句、感叹词、删节号、中断、肯定、否定。要呼唤、祈求、叫喊、叹息、哭泣、放声大笑。但是绝不要有什么诙谐、警句、美妙的思想，这些东西与一般人距离太大。可是，你也不要相信，戏剧演员的表演及道白可以作为我们的典范。去他的吧！我们需要更有生气、更少做作、更加真实的东西。简单的话语，常见的热情的嗓音，正因其语言平淡，语调缺乏抑扬顿挫，对我们就更为必要。兽性的呼喊或人类充满激情的呼喊会使语言具有极大的力量。

他与我这样谈着，原来围着我们的人群，或者由于根本不懂，或者对他的话不感兴趣，都已经走开。一般来说，小孩像大人一样，大人也像小孩一样，更喜欢好玩的事而不喜欢受教育。大家各玩各的。我们两人单独待在角落里。他坐在一张长凳上，头靠着墙，垂着双臂，半闭着眼睛，对我说道：

他：我不知道怎么了。刚来的时候，我精力充沛，精神饱满。可现在浑身瘫软，精疲力竭，好像走了四十公里路一样。我突然产生了这种感觉。

我：你想喝点清凉饮料吗？

他：那太好了。我觉得口干舌燥，全身无力。胸口也不大舒服。几乎每天都这样，也不知怎么回事。

我：你想喝点什么？

他：随便。我并不挑剔。贫苦的生活使我学会了什么都能将就。

我叫了啤酒和柠檬水。他倒满一大杯，两三口便喝光了。然后，像一个人缓过气来了似的，大声咳嗽，又折腾起来，继续说下去：

他：哲学家阁下，一个外国人，一个意大利人，一个叫杜尼的人，来教我们给乐曲标音符，让我们的歌曲服从各种音律、节奏、休止、道白，而不违背谱曲配词法，在你看来，这难道不是一大怪事么？这毕竟不是要把海水喝干那么难的事。一个乞丐在马路上向他求乞，一个拍马屁的人，对，一个拍马屁的人柔声细气，音节拖长，声音甜蜜蜜，这些话语的声音谁没听见过！一言以蔽之，激情，不管是哪一种，只要强烈，便值得给作曲家作原型，早就应该发现这样两点：第一，音节无论长短，都没有固定的长度，甚至每个音节的长短之间也没有固定的关系；其次，激情几乎随意地支配着韵律，可以达到最大的间歇。一个人在极度痛苦中高声喊叫“啊，我是多么不幸！”的时候，将感叹的音节上升到最高昂、最尖厉之处，而将其他音节降到最低沉的调子上去，这样就得到一个八度甚至更大的音程，也使每个音得到与旋律变化相适应的音量。这样你听了并不觉得刺耳，而实际上无论长音节还是短音节都没有保留自然讲话时的那种长短度。从前我们引用《阿尔米德》中的插话“雷诺的征服者（如果谁能当上这个征服者）”，《多情的印度女郎》中的插话“让我们毫不犹豫地服从”，作为音乐道白的惊人之句。自那时以来，我们已经前进了多少啊！现在，这种惊人之句只能让我耸耸肩膀，觉得可怜了。按照艺术向前发展的速度，我真不知道将会达到什么地步呢！咱们暂且喝一杯吧！

他喝了两杯，三杯，自己却不知不觉。他已经精疲力竭。若不是我把酒瓶移开，他就要不知不觉地喝醉了。我移开酒瓶以后，他还心不在焉地找呢！这时我对他说道：

我：你对于音乐艺术美有如此精细的判断力，又如此敏感，可是你对道德美却那样视而不见，对美德的魅力却那样无动于衷，这是怎么回事呢？

他：这大概是因为对这些美德，我没有感觉器官，我天生就缺少那么一根神经，或者这根神经的弦太松弛，怎么弹也不会震响。也可能是因为我一直和优秀的音乐家以及坏人生活在一起，因此我的耳朵变得很灵，心却变得麻木不仁了。还有一个原因，那就是遗传的成分。我父亲的血液与我叔父的血液相同，我的血液与我父亲的血液相同。父方的分子是冷酷的、迟钝的。这个可恶的原始分子把其余的一切都吸收了。

我：你喜欢自己的孩子吗？

他：这还用问吗！那个小野孩子，我爱他爱得发狂呢！

我：难道你不打算认真地想个办法，制止父方可恶分子在他身上的影响吗？

他：我想，我花工夫也肯定是白费气力。如果他注定要成为一个好人，我是不会妨碍他的。若是那个分子注定他要成为他父亲那样的无赖，我即使费尽气力要把他培养成正直的人，也没有用，说不定对他还非常有害。教育与分子的倾向不断交叉，他好像受到方向相反的两种力量的牵引，在人生的道路上歪歪斜斜地前进。这种人我见得多了，好事干不了，坏事也干不来。这就是我们称之为“笨蛋”的人，这是一切修饰语中最可怕的词，它标志着平庸和最大限度的轻蔑。一个大无赖就是一个大无赖，但绝不是一个笨蛋。要让父方的分子占上风，要让他达到我这样完全彻底的卑鄙下流，需要花费他无数的时间。他就要失去最美好的年华了。我现在什么都不管。我让他自然发展。我在对他进行观察。他已经会嘴馋、花言巧语、作弊、懒惰、撒谎了。恐怕他跟我是一个种。

我：为了使他与你处处相似，你也要将他培养成一个音乐家喽？

他：音乐家！音乐家，绝对不行！有时我咬牙切齿地瞪着他，对他说，万一你学会一个音符，我就要扭断你的脖子。

我：请问，为什么要这样呢？

他：这毫无出息。

我：这可以大有出息。

他：对，如果你出类拔萃，是可以大有出息。可是谁能保证他的孩子将来就出类拔萃呢？万分之一的把握也没有。他多半会像我一样，是一个可怜的蹩脚的摆弄乐器的人。要找到一个孩子治理一个王国，当一个伟大的国王，比起找一个孩子当伟大的提琴家来，说不定还容易些哩，你知道吗？

我：我倒仿佛觉得，在道德败坏、沉溺于荒淫和奢侈的国民中，可爱的天才，哪怕是庸才，也可以使一个人很快地飞黄腾达。我告诉你，我曾经亲耳听到一个类似保护人的家伙和一个类似被保护人的家伙谈过这样的话：人家指点这个被保护人去找保护人，据说这是一个能给他帮忙的热心人。——“先生，你会什么呢？”——“我数学还可以。”——“那好，你就教数学吧！在巴黎的马路上奔走十年到十二年以后，你就能拿到三四百里弗尔的年金了。”——“我学过法律，谙熟法学。”——“普芬道夫[①]和格劳秀斯[②]转世，说不定也要在街头巷尾饿死呢！”——“我很懂历史和地理。”——“要是有的父母将自己子女受良好教育的问题放在心上，你大概就能发财了。可惜根本没有这样的父母。”——“我是个相当不错的音乐家。”——“这话你怎么不早说呢！你这最后一项才能，能派上什么用场，我马上就叫你看看。我有一个女儿。你每天晚上七点半来，到晚上九点再走。你给她上课，我一年给你二十五个金路易。你早点、午餐、下午茶、晚餐，都和我们一起吃。每天剩余的时间由你自己支配，怎么对你有利你怎么使用。”

他：这个人后来怎么样了呢？

我：他[③]如果乖一些，就会发财了。看来，这是你关心的惟一事情。

他：这毫无疑问。金钱，金钱，金钱就是一切。其余的事情，没有金钱，便毫无价值。所以，我不让我的孩子头脑里塞满美妙的格言，他应该把这些全部忘光，否则就只能当个乞

① Samuel Pufendorf（1632—1694），德国著名法学家、历史学家。

② Hugo Grotius（1583—1646），荷兰著名法学家。

③ 或指布迈兹里德，他曾经教过狄德罗的女儿弹琴。

丐。当我得到一个金路易的时候，这是难得的事，我就一动不动地站在他的面前。我从口袋里掏出这个金路易。我带着赞赏的神情把这个金路易给他看。我举目望天。我在他面前亲吻这个金路易。为了让他更好地理解这神圣金币的重要性，我还吞吞吐吐地对他讲上几句话。我一一指给他看，用这钱都可以买什么东西，一件漂亮的紧身女服，一顶美丽的帽子，一块可口的点心。然后我把金路易放进口袋。我骄傲地踱来踱去。我把衣服的下摆掀起来，用手拍拍我的小口袋①。我就是这样让他想象我，就是因为这里面有金路易，我才产生了这种他看得清清楚楚的自信心。

我：简直不能比这更精彩了。可是，若是他深深理解了金路易的价值，有一天，发生了……

他：我懂得你的意思。对这种事就应该装作看不见。没有任何道德原则没有弊病。在最坏的情况下，也无非是一时的不快，过去了也就过去了。

我：即使按照你那样大胆、明智的见解，我仍坚持认为，把他培养成音乐家比较好。我不知道还有什么办法能更快地接近大人物，为他们的恶习效劳，并使自己的恶习受益。

他：这是真的。不过我倒有更迅速更有把握获得成功的计划。唉！若是一个女孩该多好！可是，既然不能随心所愿，就

① 指背心或裤腰上的小口袋。

应该面对现实，尽量得到好处。大部分做父亲的，让他们注定要在巴黎生活的孩子接受斯巴达克式的教育，实际上这是给他们的子女酝酿了不幸的命运，没有比这更坏的了。要达到上述目的，就绝对不要做这种蠢事。孩子受到很坏的教育，那是国民道德败坏的过错，不是我的过错。谁能负责，谁负责好了！我希望我的儿子得到幸福，或者换句话说，受人尊敬，有钱有势。达到这个目的的捷径，我还略知一二。我要及早把这些教给他。虽然你们这些智者会责骂我，可是芸芸众生和将来获得的成就会宽恕我。他一定会有钱，相信我的话吧，保证没错。他有大量金钱，他就会应有尽有，甚至你也会对他肃然起敬。

我：在这一点上你大概看错人了。

他：这个他也可以不要，正像许多人也得不到你的尊敬一样。

他说的这番话，有许多是人们这么想，也这么做，但嘴上却不这么说的。这确实是我面前这位先生和我周围大部分人最显著的区别。恶习他有，别人也有，但他坦率地承认，他不是伪君子。与那些人相比，他并不更可恶，当然也不比他们好。他只是更直爽、更前后一贯而已，有时则堕落得更深。一想到他的孩子在这样的导师指引下会成为怎样一个人，我就不寒而栗！可以肯定，用严格按照我国习俗的模式这种人为观念对他进行教育，他会在这条道路上走得很远，除非及早让他半途止步。他对我说道：

他：你丝毫不用担心。一位好父亲特别应该注意的重要问题，困难问题，并不是将使他致富的恶行传给他的子女，也不是将使他获得大人物垂青的滑稽可笑本领传授给他的子女。每个人都在这样做，即使不像我这样有系统，至少也是用榜样和训导来做的。一位好父亲特别应该注意的重要问题，困难问题，是向他的子女指出怎样适可而止，这是逃避耻辱、名誉扫地和法律惩罚的技巧。一定要善于设置、准备和解救这社会和谐中的不和谐之处。一系列完美无缺的谐音，是最平淡无奇的。必须有什么东西来刺激刺激，将光束分开，使光线四面散射出去。

我：很好。通过这个比喻，你又将我从习俗问题带回到音乐上来，我不知不觉已经离开了这个题目。谢谢你。不瞒你说，我喜欢你作为音乐家的一面，更甚于你作为道德家的一面。

他：可是我在音乐上水平很低，而在道德上则很杰出。

我：我表示怀疑。如果真是这样，你的道德原则与我这个好人的道德原则可完全不同。

他：那你就活该倒霉了。唉！我如果有你那样的才能该多好！

我：不要谈什么我的才能，还是回过头来谈谈你的才能吧！

他：我如果会像你那样谈吐该多好啊！我遣词造句都是些

乌七八糟稀奇古怪的可笑东西，半文半白，一半是社交界和文人的话，一半是市场上的话。

我：我不会说话。我只会讲大实话。这有时是行不通的，你知道。

他：我羡慕你的才能，并不是为了说实话，相反，是为了将谎言说得更动听。我要是会写作，能编凑一本书，找到合适的措词写上一首献辞，让一个傻瓜陶醉在自己的美德里，使自己能够巧妙地取悦女人，那该多好啊！

我：所有这些你都会，比我强上一千倍。我甚至还不配当你的学生哩！

他：你有这么多了不起的本事都不用，而且你根本不知道这些本事的价值！

我：我希望从这些本事里得到的报酬，已经全部得到了。

他：果真如此，你就不会穿这件粗劣的礼服，这件平纹上衣，这双毛袜子，这双厚厚的鞋，戴着这老式的假发了。

我：这我同意。一个人不择手段要发财，而没有发财，他一定是个大笨蛋。可是也有像我这样的人，并不把财富看成世界上最宝贵的东西，这是一帮怪人。

他：真是太怪了。人生来是没有这种气质的。这是后天获得的气质。因为这种气质不符合天性。

我：你是指人的天性么？

他：对，是人的天性。一切有生命的东西，人也不例外，都用损害同类的办法来寻求自己的幸福。我敢肯定，如果让我那个野孩子自然发展，什么也不告诉他，他也会希望穿着富丽，饮食讲究，受到男人的钟爱，受到女人的爱恋，一个人享尽人间的荣华富贵的。

我：如果让这个野孩子放任自流，完全保持他的愚昧无知，将摇篮中婴儿少许的理性与三十岁男子强烈的情欲结合在一起，他就会扭断他父亲的脖子，和他母亲同床的。

他：这证明良好的教育很必要。对这一点，谁也没有提出异议呀！可是，良好的教育，如果不是导致各种享受，丝毫不担风险，又无任何不便，那又是什么呢？

我：我几乎要同意你的意见了！不过我们还是不要详细说明吧。

他：为什么呢？

我：我担心的是，我们只是表面上意见一致。一旦开始讨论要避免什么风险，什么不便的问题时，我们的意见就再也不能统一了。

他：那又有什么关系呢？

我：我跟你说，咱们不谈这个了吧！我对这个问题的所知，可能也教不了你。你倒可以比较轻松自如地把音乐方面你懂我不懂的东西教给我。亲爱的拉摩，咱们还是谈音乐吧！对音乐大师们最优美的段落，你领略起来那么容易，记忆得那么准确，演奏得那么好。音乐激发起你的热情，你又用这种热情感染别人。请你告诉我，凭着这些才能，你怎么会一事无成呢……

他不回答我的问题，却摇摇头，用手指往天上一指，说道：

他：这是星相注定，这是星相注定啊！上天创造雷欧、芬奇[①]、佩尔戈莱西、杜尼的时候，是笑容满面的。创造亲爱的拉摩叔叔时，神情庄重而威严。今后十来年的时间里，人家还会称他是伟大的拉摩，但是以后不久就再也没人提没人念了。上天马马虎虎造出拉摩的侄子的时候，他一个鬼脸接着一个鬼脸，做了好几个鬼脸。（说这话的时候，他做出各种各样的怪模样，表示轻蔑、鄙视、讥讽。那样子，似乎手里揉着一块面，用面团捏出奇形怪状的东西，自己看着也发笑。捏好以后，他就把这个古怪的玩意儿往远处一扔，说道）上天就是这样造我、这样扔我的，把我和别的玩意儿扔到一块，有的大腹便便、满脸皱纹、脖子短粗、眼睛大得鼓出来老高，像得了中风症一样；有的歪脖子；有的干瘪黄瘦，眼睛有神，鹰钩鼻子。这些人见了我，都忍不住大笑起来。我呢，看见他们，也捧腹大笑，笑得上气不接下气。傻子和疯子相互逗乐，相互追求，相互吸引。

俗话说，“傻瓜的钱财就是留给聪明人的遗产”。到了我这

① 雷欧（Leonardo Leo，1694—1744），芬奇（Leonardo Vinci，1696—1730），二人都是那不勒斯作曲家。

种地步，就是想不起来这句现成话，大概也能发明出来。我感到天意已经将留给我的遗产放在这些家伙的钱袋里了。于是我要千方百计把它搞到手。

我：你那些招数，我知道。你对我谈过，我很佩服。办法多得很，你为什么不尝试一下创作一部优秀的作品这一招呢？

他：正好一个上流社会人物也对勒·勃朗修道院院长说过这话……院长说："蓬巴杜尔侯爵夫人[①]把我举在手上，一直把我托到法兰西学院的门口。到了那里，她一松手，我就掉下来了，摔断了两条腿……"那位上流社会的人物回答他说："教士，那你应该站起来，用头撞开大门呀……"教士对他反唇相讥，说道："我已经试过了，你知道我得到的是什么吗？脑门上起了一个大包。"

讲完这个趣闻之后，这位先生来回踱着，垂着头，脸上现出若有所思和懊丧的神情。他叹息、流泪、悲伤，举起双手，举目望天，用拳头用力捶打自己的头部，额头或者手指都快敲碎了。他接着说道："我觉得这脑袋里头好像有东西。可是我敲打啊，摇啊，都是白费劲，什么也出不来。"于是他又摇起头来，更起劲地敲打额头，说道："要么里面没有人，要么是不高兴答应。"

转眼之间，他现出高傲的神情，重新抬起头来，右手贴在

---

① Marquise de Pompadour（1721—1764），法国国王路易十五的情妇。

胸口上。他踱着，说着："我感觉到了，对，我感觉到了。"他模拟着一个人恼火、愤怒、感动、发号施令、哀求的表情，即席发表表示愤怒、怜悯、仇恨、热爱的演讲。他描摹激情的特征时，其细致与逼真，令人惊异。然后他接着说道：

他：我想，就是这个。现在，它终于来了。这就叫做找到了助产士。她懂得怎样刺激，加速生产时的阵痛，让孩子生出来。独自一人时，我拿起笔，我想写东西。我咬着手指甲，搓着脑门，一副恭顺的奴仆模样。晚安。崇拜的偶像不在。我本来深信自己有天才，可是写了一行，我看出自己是个笨蛋，笨蛋，大笨蛋。一个人整天和为了糊口必须相见的人在一起厮混，他怎么能够感受、升华、思考、有声有色地描绘呢？整天说的话、听的话都是诸如此类的说长道短：——"啊，今天林荫大道上景色真美！"——"你听过小鼬鼠姑娘的演唱吗？她表演得多么迷人！"——"某某先生的马车用一匹非常漂亮的灰斑马，简直没有比那再漂亮的了！"——"很标致的某某夫人已经人老珠黄了！都四十五岁了，怎么还能戴那样的帽子！"——"某某年轻小姐浑身珠光宝气，她倒没花什么钱。"——"你是想说她花了很多钱买的？"——"不是，不是。"——"你在哪儿看见她的？"——"在《阿尔勒根之子失而复得》[1] 这出戏里。绝望那一场演得特别好，她以前从未演

① 这出戏于一七六一年在巴黎上演，剧本作者为意大利剧作家哥尔多尼。

过那么好。”——“戏剧节[1]的波里希奈尔嗓子不错，可是表演一点不细腻，没感情。”——“某某夫人一胎生了两个孩子，正好一个父亲认一个。”等等等等。请你想想看，每天翻来覆去说这些，听这些，难道能使人振奋，促使人去成就伟大的事业么？

我：当然不能！把自己关在阁楼里，喝白水，吃干面包，搜索枯肠，说不定还好一些。

他：可能。可是我没有那样的勇气，何况牺牲了自己的幸福，也没有把握会有成就。再说，我姓什么？拉摩！姓拉摩，真叫人为难哪！贵族的身份代代相传，从祖父到父亲，从父亲到儿子，从儿子到孙子，祖先并不要求后代建树什么功绩，家族名气还会越来越大。老树根分出许多枝杈来，是一大串傻瓜笨蛋，可是这有什么关系？才能就并非如此了。只要想得到和父亲一样的声名，就必须比父亲更精明能干。必须将父亲的素质继承下来。我缺乏这种素质。不过手腕已经练得灵活了，琴弓能拉，锅就能烧开。即使没有显赫的声名，至少可以混碗饭吃。

我：我如果处在你的地位，我才不认为这么说说就算了呢，我得试试。

他：你以为我没试过吗？我还不到十五岁的时候，就第一

---

① 指圣日耳曼戏剧节。

次自言自语道："拉摩，你怎么啦！你在幻想。你梦寐以求的是什么呢？是很想做出或是将要做件什么事，使整个宇宙都赞不绝口。嘿，对啦，这还不容易！只要鼓鼓腮帮子，挪动挪动手指头就行了。只要把嘴压扁了，就是一只鸭子①！"后来年纪大起来，我也多次重复过孩童时代的话。如今我还是重复这些话。所以我留在门农石雕的周围②。

我：你提到这门农石雕，是什么意思呢？

他：我觉得这意思很明白。在门农石雕周围，还有无数其他雕像，也同样受到阳光照射，可是只有门农石雕能够发出声响。咱们一说起诗人来，只有一个，那就是伏尔泰。还有谁呢？伏尔泰。第三名是谁呢？伏尔泰。第四名呢？伏尔泰。说起音乐家来，要么是里纳尔多，要么是哈斯，要么是佩尔戈莱西，要么是阿尔贝蒂，要么是塔尔蒂尼，要么是洛加泰利，要么是戴拉德格里亚斯，要么是我的叔叔，要么是小杜尼。这小杜尼，虽然其貌不扬又无风采，可是，天哪，他感受细腻，曲调优美，表现力强。在这极少数的门农四周，其余的人，一个个无非都是一根木棍长两只耳朵罢了。所以我们都一贫如洗，

---

① 法国谚语，意思是一般人很轻信，看见扁嘴的，就以为是鸭子。

② 据神话传说，门农是提托诺斯和黎明女神厄俄斯的儿子，在特洛伊战争中被阿喀琉斯杀死。厄俄斯用浓云使大地陷入黑暗，命令大风从敌人手中夺回儿子尸体，运到安葬的地方。在忒拜附近有两座巨大石雕，都叫门农。一次地震后，北侧的石雕部分被毁。每当其石受到阳光照射，即发出一种乐音。人们说，这是门农在向母亲致意。

穷得简直跟幸运事那么少见。啊，哲学家先生，贫困是很可怕的事情。达那伊得斯大桶①里漏出几滴冰冷的水，我看见贫困弯下腰去张开大嘴，将那几滴水喝下去。贫困能否使哲学家的才思更加敏捷，我不知道；它会使诗人的头脑变得冰冷，这我倒清清楚楚。在这大桶底下，是绝对唱不出好歌来的。能够在那里找到一个位置，还算是幸运得不得了呢！我曾经在那里待过，可是没有找到一直待下去的好办法。我已经干了一桩那样的蠢事。后来我在波希米亚、德国、瑞士、荷兰、弗兰德斯漫游，到过很遥远的地方。

我：在漏桶底下。

他：对，在漏桶底下。收留我的，是一个富有而又挥金如土的犹太人。他喜欢音乐，也喜欢我说的荒唐话。我高兴的时候弄点音乐，我也扮演小丑。我样样不缺。我这位犹太人对其法权一清二楚，有时对朋友也是按章办事，一丝不苟，对陌生人更一贯如是。他惹了一场纠纷，这件事好玩极了，我一定要讲给你听听：乌德勒支有一个妓女很标致。他对这个女基督教徒动了心。他遣了一个中人，带着数目相当可观的一张期票去找她。这个女人也怪，拒绝了他的馈赠。犹太人很为之伤心失望。这时中人对他说："为什么要这么伤心呢？你不就是要和漂亮女人睡觉吗！再没有比这更容易的事了，甚至比你追求的

---

① 根据希腊神话，达那伊得斯是达那俄斯五十个女儿的总称。她们在新婚之夜将配偶杀死，被罚永无休止地往一个漏水的大桶中装水。

这个女人更漂亮的女人，也无需费吹灰之力。这个女人就是我的老婆，我可以把她让给你，价目相等。”好，说干就干。中人把期票收起来，这位犹太人就和中人的老婆睡了觉。期票兑换的期限到了。犹太人拒绝承兑，声明这张期票是假的。于是就打起官司来了。犹太人说：“这个人绝对不敢对人说，他握有我这张期票是什么款项，所以我就不付款。”法庭传讯的时候，他质问中人道：“这张期票，你从何人手中得到?”——“从你本人手中呀!”——“是借了你的钱吗?”——“不是。”——“是你卖给我货物了吗?”——“是你帮了我什么忙吗?”——“不是，根本和这些都没关系。我现在握有期票。你在上面签了字，你就得付款。”——“我根本没签字。”——“那是我假造的了?”——“对了，是你或者你代理的一个什么人，你们假造的。”——“我是一个懦夫，可你是一个恶棍。请你相信我的话，不要欺人太甚！我要全说出来！我自己当然要名誉扫地，可是我也要你倾家荡产……”犹太人不把这个威胁放在心上。下次开庭时，中人将整个事情和盘托出。两个人都受到惩罚。犹太人被判偿还汇票全部款项，拿这笔钱来救济穷人。发生了这件事以后，我和他分手，回到这里来。怎么办呢？要么穷愁潦倒而死，要么就得做事情。各种各样的计划在我头脑里闪过。有一天，我准备第二天就投身到一个外省的剧团去，演戏也好，进乐队也好，反正我好歹都可以混混。到了第二天，我又想出一个办法：让人给我画一张画，把画挂在木杆上竖在十字路口，我站在那里扯破喉咙大喊大叫："请看，这就是他出生的城市；这里画的是他告别当药房老板的父亲；这里画的是他到了京城，寻找他叔父的住处；这里画的是他跪在叔叔面前，叔叔将他赶走；这里画的是他跟着一个犹太人。"等等等等。又过了一天，我起床时就已下定决心与街头卖唱的人搭伙。在我想做的事情里，这还不是最坏的。我们差一点到我亲爱的叔叔窗下举行音乐会。若是真那么干了，他准得气死。我最后还是打定了别的主意。

说到这里，他停下来，开始时做出一个人夹着小提琴，转动手臂拧紧琴弦的姿势；后来又做出一个精疲力竭的穷人的样子。那人已经浑身无力、双腿颤抖。若是不扔给他一块面包，他马上就要断气。他用手指头指着微微张开的嘴，用这个动作来表示他最迫切的要求。接着他补充道：

他：这个，人家一看就懂，就扔给我一块面包。我们有三四个饿鬼，大家你争我夺。嘿，处在这样的绝境里，你进行伟大的思考吧，创作美妙的作品吧！

我：这当然很难。

他：冬去春来，我碰上了那家人家。在那里，我简直像个阔少。后来又从那里给赶了出来。现在我又得锯肠衣线①，又回到用手指指着张开的嘴巴这个姿势了。人世间没有什么固定

① 指拉小提琴。

不变的东西。今天你在轮子顶上，明天你就转到轮子底下。可诅咒的处境牵着我们的鼻子走，叫我们活受罪。

接着他喝了一口剩在瓶底的酒，然后向他旁边的人说道："先生，发发慈悲，给我一小撮鼻烟吧！你这个鼻烟盒可真漂亮啊！你不是搞音乐的吧？"——"不是……"——"那再好也没有了，搞音乐的都是些可怜的穷光蛋。唉，命里注定我是一个搞音乐的！可是说不定在蒙马尔特，在某一个磨坊里，有一个磨坊主人或是磨坊主的雇工，从来只听过磨盘转动的声响，倒会觅得最美妙的歌曲。拉摩，到磨坊去吧！到磨坊去吧，那才是你该去的地方。"

我：一个人，不管他致力于什么，都是天意注定的。

他：天意阴错阳差大了！从很高的地方往下看，可能什么都混成一团：一个人用大剪刀修剪树木，一条毛毛虫在啃着那棵树的叶子，如果从很高的地方看，无非是两个不同的虫子在各尽其责罢了。你高踞于水星的运行轨道上，从那里，如果你觉得合适，可以效仿列奥米尔[①]将蝇类分成缝匠蝇、测量蝇、收割蝇的做法，将人类分成细木匠、一般木匠、泥瓦匠、舞蹈演员、歌唱演员，等等。这是你的事，我不管。我不从这么高的地方看问题。我生在这个世界上，我也就活在这个世界上。可是，如果人有胃口是天意，那么，有时候没有东西吃，我觉

---

① René Antoine Ferchault de Réaumur（1683—1757），法国物理学家、博物学家。

得就不合乎常理了。我总是反复谈及胃口问题，因为饥饿的感觉总是伴随着我。有的人什么都吃腻了，可是也有人跟他们一样，肚子经常纠缠不休，吃饱了又饿，却没有东西可以充饥。最糟糕的是，贫困使我们总是处于狼狈不堪的境地。穷人走起路来也跟别人不一样，一步一跃，弯腰驼背，东倒西歪，步履艰难。他一辈子都得采取某种姿势，做出某种姿态。

我：什么姿态呢？

他：你去问问诺维尔[①]吧！他的艺术表演所能模仿的姿态，远远不如社会上的人提供的姿态丰富多彩。

我：这么说来，你不也是如此么！用你的说法或者蒙田的说法，是“高踞于水星的运行轨道上”，静观着人类的各种哑剧表演了？

他：不，不，请你相信我的话。我体态太笨重，升不到那么高。我将在云雾中遨游这差使让给白鹤。我是脚踏实地的。我环顾四周，采取我的姿态，或者我观察别人采取什么姿态以自娱。我是一个优秀的哑剧演员，你一定会这么看的。

说完，他微笑了一下，开始模拟一个人赞美人家、哀求人家、讨人喜欢时的姿态。他右脚向前，左脚向后，弯下腰，抬起头，目光似乎专注地紧紧盯住对方的眼睛，口微微张开，双臂伸向某一对象。他听候命令，一接到命令，就一溜烟跑开；

---

① Jean-Georges Noverre（1727—1810），巴黎喜歌剧院的芭蕾舞师。

他回来，命令已经执行完毕。他禀报执行情况。他对什么都留心在意，把掉在地上的东西拾起来，把靠垫或者踏脚凳放在某人脚下，端着托盘，把椅子挪近一点，把门打开，把窗关上，拉上窗帘。他端详着男主人和女主人。他两臂垂于体侧，双腿并拢，一动不动。他留神听人讲话，努力察言观色。然后他说道："这就是我的哑剧表演，跟那些溜须拍马的家伙、廷臣、仆人和乞丐的哑剧表演差不多是一路货色。"

这个人的滑稽动作，加里阿尼①教士讲的故事，拉伯雷的荒诞传奇，有时候使我羡慕不已。这三个人，是三家商店，我从那里买来滑稽面具，戴在最庄重严肃的人物的脸上。于是，一位主教在我眼中是个庞达龙②，一位会长在我眼中是个半人半羊的森林之神，一位修士在我眼中是一头猪，一位大臣在我眼中是一只鸵鸟，他的首席文书在我眼中是一只鹅。我对他说道：

我：照你的说法，这人世间乞丐多得很了；而且我没见过哪一个人不会跳几步你这种舞蹈呢！

他：你说得对。在整个王国中，只有一个人是真正走路的，那就是国王。其余的人全是装模作样。

我：国王么？对他还有什么可说的呢？难道你以为，在他

① Abbé Galiani（1728—1767），狄德罗的挚友，曾与狄德罗共同创作《关于小麦贸易的对话》。

② Pantalon，意大利喜剧中的典型人物，是吝啬的老色鬼。

身旁不会不时出现什么小脚、小发髻、小鼻子小眼的人，也叫他表演点哑剧么？任何人，需要别人的时候，他就是有求于人，就要摆出某种姿态。国王在他的情妇和上帝面前，就要搔首弄姿，表演他的哑剧步法。大臣在国王面前，要跳侍臣、马屁精、奴仆或者乞丐的步法。野心勃勃的人，在大臣面前，又要摆出你那各种姿势，变换出上百种花样来，一个比一个更下流。在管理僧侣清册的官吏面前，有地位的修道院院长，穿着长袍，佩戴着领巾，也要至少一礼拜表演一次。说老实话，你称之为乞丐哑剧表演的这种玩意，是世界性的民间舞蹈。每个人都有自己的小胡丝或贝尔丹。

他：这对我倒是一种安慰。

我讲话的过程中，他模拟着我提到的人物的姿态，简直笑煞人。例如，他扮演那个矮小的教士时，将帽子挟在腋下，用左手捧着祈祷文，右手拎起长袍的下摆，脑袋稍稍歪在肩膀上，低垂双眼，步步向前，简直把那个伪君子模仿得惟妙惟肖。《驳议》的作者①在奥尔良主教面前的形象，仿佛就出现在我的眼前。当我提到马屁精和野心勃勃的人时，他匍匐在地。布莱在总检察官面前，就是这副模样。我对他说道：

我：真是表演得太精彩了。不过，还是有一个人不需要表演哑剧的，那就是一无所有而又一无所求的哲学家。

---

① 指高夏教士（Gabriel Gauchat，1709—1774），他曾写过《对近代各种反教会作品的分析和驳议》。

他：这个畜生在哪儿？他一无所有，他就要受苦；他一无所求，他就什么也得不到，他就要永远受罪了。

我：不，第欧根尼就蔑视一切需求。

他：那总得穿衣裳啊！

我：不，他就赤身裸体。

他：有时雅典天气也很冷。

我：不像这里这么冷。

他：那也要吃饭啊！

我：当然了。

他：靠谁呢？

我：靠大自然。人未开化的时候找谁帮忙呢？找大地、野兽、鱼类、树木野草、树根、溪水。

他：很糟糕的餐桌。

我：可是这餐桌很大。

他：可是没好菜。

我：可是我们今天餐桌上摆满的东西，也是从那餐桌上撤下来的呀！

他：可是我们的厨师、糕点师傅、烤肉师傅、饭店老板、糖果师傅，他们的技术在这方面作出了很大的贡献，这你总得承认吧？你那位第欧根尼，这样忍饥挨饿，他周身的器官大概不会不听话的。

我：你错了。从前，这位犬儒主义者的服装与我们今天的寺院服装一样，显示出同样高尚的品行。犬儒主义者就是雅典的圣衣院修士和方济各会修士。

他：这回我可抓住你了。那么第欧根尼也跳过哑剧，不是在伯里克利面前，就是在科林斯的拉伊斯或芙里尼面前。

我：你又错了。别人出重金买得的妓女，为了得到快乐倒愿意委身于他呢！

他：如果发生妓女忙于接应他人，而犬儒主义者又迫不及待的情况，怎么办呢？

我：那他就会回到自己的酒桶里去，而不需要她了。

他：你是想劝我效仿他吗？

我：我拿性命担保，这肯定比卑躬屈膝、自轻自贱、出卖自己的灵魂好。

他：可是我需要一张舒适的床铺，一张丰盛的餐桌，冬季衣服暖和和，夏季服装轻且爽，我需要休息、金钱，还有许多其他东西。我宁愿靠别人的恩惠，而不愿用自己的劳动去获得这些。

我：因为你是一个懒汉、馋鬼、懦夫、无耻之徒。

他：我想，这些我都告诉过你。

我：生活上需要的东西自然有其一定价值。可是，为了获得这些东西你要付出怎样的代价，你却完全不顾。那下流的哑剧，你过去跳过，你现在跳着，你还要继续跳下去。

他：这是真的。做这种事，从前我没有花什么力气，现在就更不费吹灰之力了。正因如此，我要是采取另外一种步法，可能非常辛苦，我又坚持不住，反倒糟糕。不过，从你说的这些话里，我倒明白了一件事，就是我那可怜的娇妻真是非常达观的人。她勇敢有如雄狮。有时我们没有面包，又身无分文，家中衣物也几乎全部卖光。我倒在床脚，冥思苦想，要找出一个能借给我一个埃居、又不需要还他的人。我的妻子倒像金丝雀一样快活，她坐到大键琴跟前，自弹自唱。她有夜莺一般的歌喉，可惜你没有听过她歌唱。我参加什么音乐会演奏的时候，就把她带去。路上，我对她说："来吧，夫人，让人家欣赏欣赏你，把你的才能和魅力都施展出来！让他们着迷，让他们倾倒吧！"到了音乐会上，她一唱，就让人着迷，就让人倾倒了。唉，我这可怜的小宝贝，从此我就失去了她。除了才能之外，她还有一张樱桃小口，她的牙齿像一排珍珠；眼睛，双脚，皮肤，面颊，胸脯，牝鹿一般的小腿，大腿，臀部，都可以做成模型。迟早她至少会把一个田赋包税人搞到手！啊，多么优美的体态，多么美的大腿！啊！天哪，多么美的大腿！

于是他模仿起他老婆走路的姿势来：他迈着小碎步，头抬得很高，摆弄着扇子，扭动臀部。对于我们那些卖弄风骚的小女子，这实在是一幅最有趣而又最滑稽可笑的漫画。

然后，他又捡起原来的话题，继续说下去：

他：我带着她到各处游逛，杜伊勒里花园，王宫广场花园，各林荫大道。她是绝不可能一直跟着我的。清晨，她不戴帽子、穿着短短的便装横过马路的时候，如果你见了她，说不定也会停下脚步注视她，张开双臂轻轻拥抱她。跟着她的人，望着她的小脚迈着碎步匆匆走过，端详着她薄薄的短裙勾勒出来的丰满的臀部，都加快脚步，紧紧相随。任凭这些人向前追赶，然后轻盈地转过头来，一双又黑又亮的眸子望着他们。这些人见了，顿时情不自禁地停下了脚步。因为这枚奖章[①]的正面，其美丽的程度也不亚于背面。可是，唉！我已经失去了她。我发财致富的希望也都随之成了泡影。我娶她为的就是这个目的，也向她透露了我的全部计划。她非常聪明，认为我那些计划一定能够实现；她也很有头脑，完全赞同了我的计划。

讲到这里，他号啕大哭起来，说道：

他：我失去了她，心情永远也不会平静了。从那时起，我就戴起了教士的小帽和领巾。

我：是由于悲痛么？

他：也可以这么说吧！不过真正的原因，是要靠这个找口饭吃……喂，你看看几点了，我还要上歌剧院去。

我：今天上演什么节目？

他：杜维尼的作品。他的音乐中有不少东西相当美，可惜他不善于在他人之前将这些表现出来。在这些已经作古的人当中，总有一些是使活人感到不快的。有什么办法呢？Quisque

---

① 指这个女人。

suos patimur manes.[①] 哟，已经五点半了。我听见教堂的钟声响了。这是卡那耶院长做晚祷的钟声，也是我做晚祷的钟声。再见，哲学家先生。我总是这样子，改不了了，是不是?

我：唉，可惜，是这样。

他：但愿我这苦再受四十年左右就行了，不要再长了。谁最后笑，才笑得最好。

---

① 拉丁语，我们每个人的灵魂所受的痛苦各不相同。语出维吉尔《埃涅阿斯纪》卷六。

这不是故事

吴达元/译

人们讲故事，是讲给别人听的。不管故事多么短，听故事的人很少不插上几句，打断他的话。正因如此，在你们行将读到的这篇记载里（这不是故事，或者，如果你们不相信的话，也可以说是一个写得很差的故事），我安放了一个人物，他扮演的大致就是读者的角色。现在，我开始了。

“那么，你有什么结论？”

“我的结论是：像这样有趣的问题会使我们的脑子安静不下来，在整整一个月里成为一切集会的谈资，给人反复谈论，谈腻为止；引起无数争辩，产生不少小册子和上百的诗剧，正反意见都有。而且，我还认为，尽管作者心细、见识广、聪明，既然他的作品在人们心里没有引起任何强烈振动，他就是一个低能的、非常低能的作家。”

“但是，照我看来，我们还是应该感谢他，他让我们过了一个愉快的晚上。这次朗读导致了……”

“导致什么！一大堆陈腐的小故事，从四面八方冒出来，谈的只是一件世世代代人所共知的事，这就是：男人和女人是两个极其害人的畜生。”

“可是，这流行病你也曾染上过呀，你还不是和别人一样付出过你的一份代价。”

“这是因为不管我们愿意不愿意，也要适应习惯势力。我们走进社交场所，依照习惯，进门的时候要看看别人的脸色，好安排安排自己的脸色。有时心里难受，却装出讨人喜欢的样子；有时想要讨人欢喜，却非摆出一副悲伤模样不可。对任何问题，我们都不肯显出自己无知。文学家谈政治，政治家谈哲学，哲学家谈道德，道学家谈金融，金融家谈文学或几何学。谁也不想听别人说话，谁也不肯闭嘴，每一个人都大谈特谈自己所不懂的东西，所有人都由于愚蠢的虚荣或出于礼貌关系而自找苦恼。”

“你的情绪不太好。”

“我一向这样。”

“我想，我的小故事还是留到比较有利的时候再讲吧。”

“这就是说，你等我不在场的时候才讲。”

“不是这个意思。”

“不然就是怕我和你两人面对面时，不像在许多人面前对一个陌生人那样好说话。”

“不是这个意思。”

“那么，请你告诉我到底是什么道理。”

“这是因为我的小故事并不比那些使你厌烦的故事更能说明问题。”

“唉！你讲吧。”

“不，不，你已经够受了。”

“你知道吗？和他们那些使我愤懑的态度比起来，你的态度是最最可恶的。”

“我的态度是怎么样的？”

“你的态度是：自己很想做的事，偏要人家求你。我的朋友，我请求你，我请求你，满足你自己的愿望吧。”

“满足我自己的愿望！”

“开始吧，天呀，开始吧。”

“我努力讲得短些。”

“不会因此而讲得更坏。”

说到这儿，我故意气他一下，我咳嗽，吐痰，慢吞吞地摊开手帕，擦擦鼻涕，打开烟盒，拿出一撮鼻烟。我听见他嘟哝：“故事短，准备可长……”我真想找个借口要办点什么，把用人叫来。但我没有这样做。

这不是故事。

“我们得承认，有很好的男人，有很坏的女人。”

“这是每天都可以见到的事，有时足不出户也看得见。然后呢？”

“然后？我认识一个阿尔萨斯女人，很美，美到足以叫老头子跑步赶来，使年轻人突然站住。”

“这个女人，我也认识。她的名字是雷梅太太。”

“就是她。有个男的，叫做达尼埃，刚从南锡来到这儿，爱这个女人爱疯了。他很穷。他是那种无依无靠的孩子之一，狠心的爹娘因为家里人口多把他们撵走，让他们自找生路。他们投身社会，前途茫茫，本能地意识到，将来不管碰上什么遭遇，也不会比他们原先的命运更糟。达尼埃爱上了雷梅太太，他的热情鼓舞和支持了他，使他把她的一举一动都看得非常高贵。他忍受最艰苦、最卑贱的工作，试图减轻他的女友的困难。白天，他在码头做工；太阳下山后，他在街上行乞。”

“这很好，但是不能持久。”

“正因如此，达尼埃厌倦了继续和贫困作斗争，或者不如说，不愿拖住一个可爱的女人，让她受罪，而这个女人正受到一些阔人的包围，他们逼她撵走达尼埃这个穷小子……”

“再过两星期，最多一个月，她就很可能这样干。”

“……要她接受他们的财富。达尼埃决心离开她，到远方去寻找幸运。他到处求人，弄到一张船票。到了动身的日子，他去和雷梅太太告别，对她说：‘亲爱的，我不能这样长期滥用你对我的感情。我已经下定决心，我要走了。’‘你要走!’‘是的……’‘你到什么地方去？……’‘南美洲的海岛。你理应享有更好的命运，我不能长期地推迟这命运的来临……’”

“善良的达尼埃!”

“‘你叫我怎么办？……’”

“没有良心的女人！……”

“‘你身边有不少男人，千方百计讨你喜欢。我把你的山盟海誓还给你。你看看，你的追求者当中有谁最合你意，就接受这个人吧，是我恳求你这样做的……’‘呀！达尼埃，是你对我提出……’”

“你用不着跟我描述雷梅太太如何装腔作势。我了解她，我知道她。”

“‘在我离开你的时候，我对你惟一的请求是：不要和别人订立任何使我们永远分开的誓约。我求你发个誓，我美丽的爱人。不管在什么地方，如果有一年我提不出确实证据，证明我朝夕想念你，那一定是我遭到巨大不幸了。你不要哭……’”

“凡是女人什么时候想哭，总是哭得出来的。”

“‘……不要反对我这个计划，我是因为感到内疚才想到这计划的，任何非难将会立刻使我走上回头路。’就这样，达尼埃就动身到圣多明各[1]去了。”

---

① Santo Domingo，多米尼加共和国首都。

“对雷梅太太和对他自己说来，他走得正是时候。”

“你知道些什么?”

“我知道的也就是人们所能知道的事：达尼埃劝她作出选择时，她早就选好了。”

“说得好。”

“继续说你的吧。”

“达尼埃这个人非常聪明，善于经营。他很快出名了。他成为海地角[1]最高议会的一员，以多才和正直著称。他没有积聚巨大财富的野心，他只想用诚实手段在短短时间内赚点钱。他每年把挣来的钱寄一部分给雷梅太太。他回来大约是……”

“九年、十年以后；不，我想不会比这更久……”

“他回来后，把一个小钱包交给雷梅太太，里面有着他凭德行和劳作得来的全部财产……”

“达尼埃回来得真巧，因为这是她刚和达尼埃的最后一个继任分手的时候。”

“最后一个?”

“是的。”

“有过好几个吗?”

“当然啦。”

“说吧，说下去吧。”

---

① Cap -Haïtien，旧称法兰西角，是海地北部港口城市。

“但你知道得比我更清楚，也许我没有什么可对你说的了。”

“没关系，你尽管说吧。”

“雷梅太太和达尼埃的住宅相当漂亮，在圣玛格丽特路，离我家很近。我尊敬达尼埃，常常拜访他。他的家虽说不上豪华，至少可以说很舒适。”

“我不消替雷梅那个女人算账，也完全可以肯定，达尼埃回来以前，她有一万五千法郎以上的年息。”

“她不让达尼埃知道她有多少钱吗？”

“不让。”

“为什么？”

“因为她既吝啬又贪财。”

“贪财，这用不着说。但是，吝啬！一个娼妓居然吝啬！……两个情人一起生活，有五六年了，关系搞得很好。”

“这是因为女的非常狡猾，男的对她又无限信任。”

“啊！这是真的，达尼埃这个人心地纯洁，任何一点点怀疑的影子都无法钻进他的心灵。只有一件事是我有时感觉到的，这就是雷梅太太很快忘了过去的穷日子；她很苦闷，因为她喜欢排场又爱钱；她认为像她这样一个美人出门靠两条腿走路是一种耻辱。”

“她为什么不坐车？”

“我还感觉到，邪恶有其光泽，替她掩盖心灵的卑鄙肮脏。

你笑？……正在这时候，莫尔帕先生[①]计划在北美洲成立一个贸易公司。为了使这公司办得好，他需要一个活跃聪明的人。他看中了达尼埃。达尼埃在海地角时，曾经替他办过几件重要的差事，每次都办得十分妥当，这位大臣很满意。这一回，达尼埃被他选上，心里非常苦恼。他朝夕依偎在美丽的情妇身边，心满意足，感到幸福。他爱她，为她所爱，至少他认为她是爱他的。”

“这句话说得好。”

“金钱能给他的幸福增加什么？什么也不能。可是，在大臣一再要求之下，他必须作出决定，不能不把这问题告诉雷梅太太。我到他家的时候，他们刚进行了一场不愉快的谈话。可怜的达尼埃哭得很伤心。我问他：‘你为什么难受，我的朋友？’他一面呜咽一面对我说：‘就因为这个女人！’雷梅太太坐在刺绣架旁边，安安静静地做她的活。达尼埃忽然站起来，走出去，剩下他的情妇和我两人在屋里。她把事情经过告诉我，说达尼埃不理智。她故意夸大他们收入微薄，她使用种种方法为自己辩护，滔滔不绝地为自己的野心作诡辩：‘问题是什么？最多不过分别两三年。’‘你们相爱，对一个像他那样爱你的人，两三年是一段很长的时间呀。’‘他，他爱我？他要是真爱我，他会犹犹豫豫，不去满足我的愿望？’‘但是，太太，

① 指莫尔帕伯爵（Comte de Maurepas，1701—1781），法国国王路易十五和路易十六的大臣。

你为什么不跟他一起去?’‘我！我可不去那个地方。而且，他虽然很不讲理，却还没有想到向我提出这个建议。难道他不相信我吗?’‘我看不是的。’‘我曾经等他，等了十二年；这两三年他很可以相信我对他的忠诚。先生，这是一个人一辈子也难得遇上的好机会，我不愿意将来有一天他后悔错过了这机会，倒来埋怨我。’‘达尼埃只要能得你欢心，他决不会有什么后悔的。’‘这还像个话。我老了以后，他要是有钱，一定会十分满意的。不考虑未来是女人的缺点，我可没有这种缺点……’大臣当时在巴黎。从圣玛格丽特路到他的官邸不过是两三步路。达尼埃到了他家，签订了合同。他回家的时候，眼泪干了，心里却很痛苦。他对雷梅太太说：‘太太，我去拜望了莫尔帕先生，我答应了他。我要走了，我要走了，你该满意了吧。’‘啊！我的好人！……’雷梅太太推开刺绣架，向达尼埃跑过去，拥抱他，吻他，对他说了好些甜言蜜语，‘啊！这一回，我看出来了，你是爱我的。’达尼埃冷冰冰地回答她说：‘你想富有。’”

“她本来就已经很富有，这个女骗子，她的钱比她值得的身价高出十倍以上。”

“‘……你会富有的。既然你爱的是钱，那么，我一定替你找钱去。’那一天是星期二，大臣决定达尼埃星期五启程，不能延期。我去给他送行的时候，他正在和自己作斗争，要从美丽而狠心的、丝毫配不上他的雷梅太太那儿挣脱出来。我从未见过谁像他那样精神错乱、绝望悲哀。他不是在呻吟，而是在呼号。那时雷梅太太还没有起床，他握住她的一只手，不停地说，反复地说：‘狠心的女人！狠心的女人！你生活舒适，有一个像我这样的朋友和情人，你还要什么？为了她，我到过美洲的酷热地方，替她挣钱去；现在，她又要我到冰天雪地的北国，为她寻找财富。朋友，我看这个女人发疯了，我也失去理性。但是，对我说来，使她伤心比要我死去更为可怕。你要我离开你，我这就离开你了。’他跪在她床边，嘴贴住她的手，脸藏在被子里。他语不成声，显得非常悲伤可怕。房门打开，他蓦然把头抬起，看见马夫进来，告诉他驿车已经驾上马了。他大叫一声，把脸又埋在被子里。这不过是一刹那的沉默。他站起来，对他的情妇说：‘你亲亲我，太太，再亲我一次，你不会再看见我了。’他的预感丝毫不差。他走了。他到彼得堡三天后发起高烧来，第四天便去世了。”

“这些我都知道。”

“你也许是达尼埃的继任之一吧？”

“你说得对。我就是和这个美丽而卑鄙的女人在一起，把我的事情搞得一塌糊涂的。”

“可怜的达尼埃！”

“有人会说，他是个傻瓜。”

“我不想替他辩护。但是我从心里希望这些人也倒一下霉，碰上一个像雷梅太太那样美丽、那样虚伪的女人。”

“你的报复够残酷的。”

“再说，有坏女人和好男人，但也有很好的女人和很坏的男人呀。我后面要说的和上面所说的一样，也不是一个故事。”

“我相信你的话。”

“戴卢维勒先生[①]……”

“现在还活着的那一个？在国王军队当过陆军中将、娶可爱的劳洛特为妻的那一个？”

“我说的就是他。”

“他是个多情种子，科学之友。”

“也是学者们的朋友。他长期致力于各时代各民族战争史的编写工作。”

“他的计划很庞大。”

“为了实现这计划，他物色了一些很有才华的青年，像《数学史》的作者孟蒂克拉[②]。”

“真见鬼！他在战争史研究上也见长吗？”

“但是，另外有一个叫做加岱耶[③]的人，并不比他差。加

---

① Antoine Ricouart d'Hérouville（1713—1782），法国陆军中将，著有《军团概论》一书。

② Jean-Étienne Montucla（1725—1799），法国数学家，达朗贝尔的朋友，著有《数学史》《圆面积研究的历史》等。

③ Jean-Baptiste Gardeil（1725—1808），法国医生，曾在蒙彼利埃行医，翻译过古希腊医学家希波克拉底的作品。

岱耶就是我要谈的艳史的主人公。他和我对古希腊文研究都有癖好。我们建立了交情，时间久了，互相帮助。我们都不要交际，尤其是因为住得近，见面容易，我们关系较密。”

“那时候，你住在爱斯特拉巴德路①吗？”

“他住在圣依亚香特路，他的女友德·拉梭小姐②住在圣米歇尔路。我用她自己的名字称呼她，因为这个可怜的女人已经去世了，她的一生只能受到一切正直的人的尊敬。大自然出于偏爱或惩罚把自己心灵中的一小部分感情给予人们，凡是有感情的人都会对德·拉梭小姐表示敬意和惋惜，为她而一掬伤心之泪。”

“你说话声音不正常，你哭了。”

“我好像看见她的黑色大眼睛，闪闪发光，很温柔。她的动人的声音好像还在我耳边荡漾，感动我的心。可爱的女人！独一无二的女人！你已经去世了！你去世已经快二十年了，我的心一想起你就感到难受。”

“你爱过她吗？”

“没有。德·拉梭呀！加岱耶呀！你们是两个奇人，一个是痴情女，一个是负心汉。德·拉梭小姐生于一个小康之家。她离开父母，投入加岱耶的怀抱。加岱耶很穷，德·拉梭小姐有点

---

① 狄德罗在一七四七年迁居爱斯特拉巴德路。

② 确有其人，于一七五五年去世，曾将休谟的《政治讲话》译成法语，并于一七五二年至一七五三年出版。她和孔狄亚克及达朗贝尔有交情，狄德罗很可能认识她。

钱。这些钱她全部用在满足加岱耶的需要和癖好上。钱花光了，名誉损坏了，她一点也不后悔。对于她，她的情人就是一切。”

“那个加岱耶很迷人、很可爱吗？”

“一点也不。个儿矮，性情怪，话说得不多，开口就伤人；面无表情，肤色灰暗；一句话，瘦、小、丑；如果一个人的精神面貌能说丑的话，他就是丑。”

“这样一个男人居然叫一个可爱的女人倾心于他？”

“你觉得奇怪？”

“很奇怪。”

“你？”

“我。”

“但是，你忘了你自己和戴桑那个女人的艳史，忘了她让你吃闭门羹时你那副垂头丧气的样子？”

“那时候，我问过你：‘她美吗？’你伤心地回答说：‘不美。’‘她聪明吗？’‘她很笨。’‘那么，是她有什么本领，把你迷住吗？’‘她只有一种本领。’‘她这高超卓越的、不可多得的本领究竟是什么？’‘是使我在受她拥抱时感到无比幸福。’但是，德·拉梭小姐，诚实的、富有感情的德·拉梭小姐内心里，本能地、自然而然地认为享受着和你同样的幸福；谈起戴桑那个女人的时候，你说道：‘如果这个卑鄙的、不要脸的女人一定要把我撵出她的家，我就只好在她的前厅里用手枪自杀。’你是不是说过这话？”

“我说过。甚至现在我也不明白为什么我没有自杀。”

“你该承认了吧。”

“随你便。”

“朋友，我们当中有些人很明智，他们非常幸运，因为他们一生未碰过一个女人，不管是美是丑、聪明或愚蠢的女人，未给她弄得神魂颠倒，以至于被关进疯人院。我们应当怜悯男人，责备他们时要有节制。我们为坏人坏事所追踪，以往的岁月应该看成是从坏人坏事那儿夺回的时刻。我们一想到迷人的天生尤物就不禁发抖，特别是我们那些感情强烈、想象炽热的人。和偶然落在一箱火药里的火花比起来，她们所引起的后果要可怕得多。准备把这致命的火花投向你我的那只手，也许已经举起来了。

“戴卢维勒先生急于要完成他的著作，不顾死活地催促他的合作人。加岱耶的身体越来越坏。为了减轻他的工作，德·拉梭小姐学希伯来文。夜里，她的朋友休息，她翻译和抄录希伯来作家的残缺文献。到了需要翻阅希腊作品的时候，她又捡起原来懂得的一点点希腊文，很快提高了自己的阅读能力。加岱耶睡觉的时候，她忙着翻译色诺芬①和修昔底德②的历史著作，加以誊清。她不仅懂希腊文和希伯来文，还懂意大利文和

① Xenophon（约前440—前355），古希腊历史学家，著有《长征记》《希腊史》等。

② Thucydides（约前460—前400），古希腊历史学家，著有《伯罗奔尼撒战争史》。

英文。她的英文熟练到可以把休谟的头几篇哲学论文译成法文，休谟的作品内容深奥难解，大大增加了语言上的困难。她工作到筋疲力尽，就抄写乐谱作为消遣。她怕她的情人发闷，便唱歌给他听。我没有夸大，医学博士勒·加缪先生[①]可以为我作证。勒·加缪先生在她痛苦时安慰过她，在她贫穷时帮助过她。他在各方面替她效劳，数年如一日。德·拉梭小姐为穷困所迫，搬到顶楼去，他也去看她。她去世的时候，他看着她闭上眼睛。可是，我忘了告诉你她最初受到的迫害。她的家属把她和加岱耶的关系看成公开丑事，利用一切机会，不管是真事还是谎言，干涉她的自由，对她横加污蔑。她的父母和教士们勾结在一起，把她从一个住宅区赶到另一住宅区，逼她从一所房子搬到另一所房子。有好几年，她过着孤独的生活，不敢见人。她白天替加岱耶工作，晚上我们去看她。她看见她的情人，什么愁苦、什么忧郁都烟消云散了。”

“什么！她年纪轻轻、胆小怕事，在许许多多逆境中变得多愁善感，居然感到快乐。”

“她快乐！是的，只是在加岱耶负心的时候，她才失去了快乐。”

“但是，她有这么多稀有的德行，这么深挚的感情，做过各种各样的牺牲，她得到的酬报不可能是负心。”

---

① 勒·加缪大夫（Antoine Le Camus，1722—1772）发表过几部医学著作，也写过一部文学作品。

“你错了，加岱耶负心。后来，德·拉梭小姐成为孤苦伶仃、失去名誉、没有财产、无依无靠的女人。我会使你肃然起敬，如果我告诉你，我和她的友谊仍旧持续了一段时间。勒·加缪先生则自始至终保持了这种关系。”

“啊，男人，男人！”

“你说的是哪些男人？”

“加岱耶。”

“你看见了邪恶的人，看不见他旁边也有善良的人。在她痛苦失望的那一天，她跑到我家。是个大清早。她脸色苍白得像个死人。她是前一天晚上知道她的命运的，她的样子却好像经受了长期的痛苦。她不流泪，但我看出她已经流过很多很多泪。她倒在一张沙发椅上。她不说话，她说不出话来。她把手伸向我，同时放声悲鸣。我问她：‘你怎么啦？是不是他死了？’‘比死更糟：他不再爱我了，他抛弃了我……’”

“怎么？”

“‘我也莫名其妙。’我看她，我听她；我的眼睛充满了泪水。‘他不再爱你？……’‘是的。’‘他抛弃你！’‘是的，我这样对他，他却抛弃我！……先生，我的脑子很乱；你可怜可怜我，不要离开我……千万不要离开我……’她一面说，一面拿起我的手，抓得紧紧的，好像旁边有人威胁着她，要把她拉开、把她拖走似的……‘不要怕，小姐。’‘我怕的只是我自己。’‘有什么事要我替你做？’‘首先，救救我，不要让我伤害我自己…他不再爱我了！我讨他嫌！叫他厌倦！使他厌恶！他憎恶我！抛开我！扔掉我！扔掉我！’这些话说完了，就是一阵沉默；沉默过后，她在笑，笑得比绝望的呼声和临终时的呻吟更使人毛骨悚然。随后，她大哭大叫，喃喃自语，两眼发直，嘴唇颤抖。她的痛苦像急流那样倾泻，只好让她尽情发泄。我当时就是这样做的。然后，当她显出有点疲乏、麻木时，我开始求助于她的理智。这时候，我对她说：‘他憎恶你，扔掉你！是谁跟你说的？’‘他。’‘噢，小姐，你不要绝望，勇敢一点，他不是没有人性的恶棍……’‘你不了解他，你将来会了解他的。他是世界上少有的恶棍。’‘我不能相信。’‘你会明白的。’‘是不是他爱上了别人？’‘不是。’‘你没有使他怀疑和不满吗？’‘没有，没有。’‘那么，为什么呢？’‘我无用；我没有钱了，对他没有好处了。他有野心；他一向是有野心的。我失去健康和美貌；我受过多少痛苦，多少劳累呀。他厌倦，他嫌恶。’‘你们不再相爱，还可以继续做朋友呀。’‘他已经把我看成眼中钉。我在场，他就坐立不安。他看见我，便觉得痛苦难当，受到损害。你知道他对我说过什么话！是的先生，他对我说，如果他被迫和我一起过二十四小时，他便跳楼自杀。’‘但他这种嫌恶的心情不应是一朝一夕形成的呀。’‘我怎么知道。他天性傲慢，冷淡无情！我们很难看透这种人的心！而且，我们往往闭眼不看宣布自己死刑的判决书！他对我宣告死刑，而且用多么严厉的口吻！’‘我真想不到。’‘我求你帮我一个忙，我就是为此而来的。你能答应我吗？’‘一定可以。’‘你听我说。他尊重你，你知道我替他做过多少事。也许他会感到惭愧，不敢当着你的面暴露自己。是的，我想他不敢，也不能。我不过是个女人，你是男人。一个温和、诚实、公正的人会使他害怕的。你会使他害怕的。我求你帮帮我，不要拒绝我，陪我一起到他家去。我要当着你的面和他谈一下。也许我的痛苦、你的在场会对他起一点作用。你肯陪我走一趟吗？’‘可以。’‘我们去吧……’”

“恐怕她的痛苦、她的在场只能起反作用。嫌恶！对爱情、对女人感到嫌恶，这是多么可怕的事！……”

“我叫人去找一顶轿子，因为她走不了路。我们通过圣米歇尔广场，到了加岱耶的家，就是那所在圣依亚香特路右边新盖的房子。轿子停下来，轿门打开。我等候了一会儿，不见她下轿。我走过去，看见她全身哆嗦，像发高烧似的牙关打战，两膝颤抖。‘等一等，先生，原谅我，我没法…我来这儿打算做什么？我白白打扰你，我很抱歉，请你原谅……’这时候，我把手伸给她，她扶住我，想站起来。还是站不了。她对我说：‘再等一等，先生，我给你添麻烦，让你替我难受……’终于，她镇静下来。下轿后，她用很低的声音说道：‘一定要进去，一定要看他一下。谁知道？也许我会死去……’于是，我们穿过院子，走到加岱耶的门口，走进他的书房。他坐在书桌旁边，穿着睡衣，戴着睡帽。他用手和我打个招呼，继续做他的事。随后，他走到我身边，对我说道：‘先生，你该承认，女人很麻烦。我非常抱歉，这位小姐居然这么放肆。’于是，他转向那个已经被折磨得半死的可怜虫，说道：‘小姐，你要拿我怎么办？我看，我的意见已经说得一清二楚，我们之间一切都完结了。我对你说过，我不再爱你了。这是我和你两个人面对面说的。现在，你的意图很明白，是要我在这位先生面前再说一遍。好吧，小姐，我不再爱你。我心里不再存在对你的爱；我再加上一句，如果这一句能给你一点安慰的话，对任何别的女人也一样。’‘但是，你说，你为什么不再爱我？’‘我不知道。我知道的是：我开始爱你的时候有点糊里糊涂，停止爱你也不知道为什么。我感觉到，这感情不会再回来了。这是一个人少不更事的狂热，这缺点我完全克服了，我很高兴。’‘我错在哪儿？’‘你没错。’‘你对我有什么反感，藏在心里，没说出来？’‘一点也没有。你是男人所能期望的最忠诚、最老实、最有感情的女人。’‘是不是有什么我力所能及的事我没有做的？’‘没有。’‘难道我没有为你而牺牲了父母？’‘是这样。’‘牺牲了财产？’‘我对不起你。’‘牺牲了健康？’‘可能是这样。’‘牺牲了荣誉、名声和安宁？’‘随你说吧。’‘而我在你心目中成了可憎可恨的女人！’‘这句话说出来是残酷的，听起来也是残酷的。但事实到底是事实，我们只好承认。’‘我在他心目中成了可憎可恨的女人！……我明白了，我不再受人尊重了！……可憎可恨！啊！天啊！……’说完这些话，她的脸白得像个死人，嘴唇没有一点血色。她冒冷汗，汗淌在脸上，和眼泪合在一起，往下流。她的眼睛紧闭，头往后仰，靠在椅背上。她咬紧牙关，手脚颤动。跟着就是一阵昏迷，看来她进门时所等待的事情已经发生。昏迷时间很长，我有点害怕。我替她脱下外衣，解开袍子，松松腰带，在她脸上洒点冷水。她的眼睛半开，喉咙发出低沉的声音。她想说‘我在他心目中是可憎可恨的’，她只说出了这句话的后半句。于是，她号叫一声。她的眼皮下垂，她又陷入昏迷状态。加岱耶坐在椅子上，冷冰冰地，手肘放在桌上，手托住头，毫无感情地瞧瞧她，让我一个人忙着照料她，一点也不管。我对他说了好几次：‘先生，她快死了……该找个医生来呀。’他笑笑，耸耸肩，回答道：‘女人有很强的生命力，不会因为一点小事死去的。这没什么，很快就会过去的。你不懂得女人，女人随心所欲地使用她们的身体……’‘她快死了，我跟你说。’果然，她的身体软绵绵的，好像没有生命似的，从椅子上斜着滑下去。如果我不赶忙扶她一把，她可能倒在地上了。这时候，加岱耶忽然站起来，在屋里走来走去，用一种不耐烦、不愉快的口吻说道：‘我很可以避免这一场戏的，我希望这是最后一场。她这个家伙跟什么鬼东西过不去？我爱过她。哪怕我把头撞在墙上，也不能说明多一些或少一些。我不再爱她了。现在，她明白了；如果还不明白，她永远也不会明白。所有要说的话都说完了……’‘不，先生，完不了。怎么！你认为一个诚实男子有权掠夺一个女人的一切，到头来再把她一脚踢开。’‘你要我怎么办？我和她一样是穷光蛋。’‘我要你怎么办？要你把你的穷和她的穷合在一起，她是穷在你手上的。’‘你说得倒干脆。她的情况不会因此而得到好转，我的情况却要坏得多。’‘如果你有一个朋友，为你牺牲了一切，你会这样对待他吗？’‘朋友！我对朋友没有很大信心；从这个经验，对爱情也不能有信心。我感到遗憾，没早点懂得这道理。’‘我们很有理由说，这位不幸的女人是你的心地虚伪的牺牲品。’‘有谁对你说过，再过一个月，再过一天，她的心地虚伪不会同样残酷地牺牲我？’‘有谁对我说过？有她为你而做的一切，有你现在亲眼看见的她这个样子。’‘她为我而做的一切！……噢！天呀！这一切我已经用我所损失的时间给以补偿了。’‘啊！加岱耶先生，你的时间怎么比得上你从她那儿掠夺了的那些无价的东西！’‘我到现在还没干出什么名堂，没有名誉地位，我已经三十岁了。现在该是时候，想想我自己的前途，好好估价估价这些无聊的玩意儿……’”

“这时候，可怜的姑娘稍稍苏醒过来。她听见了他最后几句话，相当激动地说：‘他胡诌什么时间的损失？为了减轻他的工作，我学会了四种文字，读过上千本书，整日整夜写呀，译呀，抄呀。我精力消耗了，眼睛损坏了，血烧尽了。我得了一种恶疾，看来永远治不好的。他嫌弃我的原因，他不敢坦白说出来。我来告诉你吧。’她当场拉下她的围巾，脱下一只袖子，露出她的肩膀，让我看一块丹毒，对我说：‘这是他变心的原因，原因就在这儿。这是我许许多多不眠之夜的结果。他清早拿一卷羊皮纸来，对我说，戴卢维勒先生急于要知道这里面说些什么，明天就要。第二天我就如期完成……’正在这时候，外面响起一阵脚步声，有人走到门口。这是一个仆人，说戴卢维勒先生来了。加岱耶脸色发青。我叫德·拉梭小姐把衣服整理整理，请她退出去……她说：‘不，我要待在这儿，我要揭下这个恶棍的假面具。我要等候戴卢维勒先生进来，和他谈。’‘这有什么好处？’‘没有什么好处，你说得对。’‘你这样做，明天就会感到痛苦的。让他自作自受吧；这样报复对你说来是合适的。’‘对他合适吗？难道你看不出这个人不是个……走吧，先生，快走吧，我控制不了我自己，不知道我会做出什么事，说出什么话……’德·拉梭小姐一转眼把她的乱七八糟的衣服整理好，一个箭步窜出了加岱耶的书房。我跟她出去。房门在我们背后‘砰’一声关上了。后来我听说曾经有人把他的相貌口音告诉过门房。①”

“我陪她回家，勒·加缪大夫等候着我们。他对这个年轻姑娘的感情和她对加岱耶的感情没有多大差别。我对他叙述我们去看加岱耶的经过，从他愠怒、痛苦、愤慨的表情看来……”

“从他的脸色，不难发现，你们失败他不一定不太喜欢。”

---

① 意谓他受警察局的暗中监视。

“这倒是真的。”

“男人就是这样，他也不见得高明些。”

“他们破裂后，她大病一场。诚实厚道、体贴多情的大夫为她治疗，看护她比看护法国最显赫的贵妇人还要细心得多。他每天去看她三四次。在危险日子，他留宿她家，睡在一张行军床上。在极其痛苦的时候，生病是一种幸福。”

“病使我们更想到自己，把对别人的思忆撇在一边。于是，病成为一种托词，可以毫无节制地发泄心中的愁苦。”

“你这意见是正确的，对德·拉梭小姐却用不上。”

“她养病的时候，我们替她安排如何使用时间。她聪明、有想象力、趣味高、知识博，很够资格当选为文学艺术学士院的院士。她经常听我们讨论哲学，因此对那些非常抽象的问题也很熟悉。她在文学方面的第一个尝试是翻译休谟的《人类理性研究》。我替她校订，实在没有多少地方可以修改的。译本在荷兰出版，很受读者欢迎。”

“我所写的《论聋哑人书简》也差不多同时出版①。她提出一些很精辟的见解，和我的看法是对立的。我根据她的见解，加写了一段补遗，献给她。这一段补遗在我所写的东西里是比较好的。”

“德·拉梭小姐渐渐恢复了愉快心情。大夫有时宴请我们；

---

① 狄德罗的《论聋哑人书简》出版于一七五一年。

饭吃得不算太忧郁。自从加岱耶不和我们在一起，勒·加缪的感情有了很大进展。有一天，在饭桌上，在吃点心水果的时候，他对她倾诉自己的心情。他像个小孩那样诚实、天真、有感情；他是个聪明人，话说得非常精细。她答复得很坦白；她的坦白我很喜欢，换了别人也许会不高兴。她说：'大夫，除了尊敬，我对你再也不能增加别的感情。你对我的帮助太多了；如果我不是从心底热烈感谢你的话，我就像住在圣依亚香特路那个恶棍一样黑心。我十分喜欢你处理事情有分寸。你和我谈你的情感，谈得如此美妙优雅，如果今后你绝口不谈，我反而会感到不痛快。一想到失去你的交情，丢掉你的友谊，我就非常痛苦。如果世上还有好人的话，你就是个好人。很少有人像你那样心地善良，性格温柔。我不相信能够遇上一个比你更好的人，可以把心托付给他。我从早到晚劝导我的心，替你说好话。但是，一个人没有行善的愿望，怎样劝导也是徒然。我无法再前进一步了。你难受，我也痛苦万分。我没见过有什么人比你更配享有你所追求的幸福；我也不知道，为了使你幸福，我有什么事不敢做的。什么事情都能做，没有例外。譬如说，大夫，我可以……是的，我甚至可以陪你睡……连这也可以。你要吗？你只消说一声。这是我可以为你而做的事。但是，你要我爱你，这一点我就无能为力了。'"

"大夫听着她说，拿起她的手，吻它，直掉眼泪。我呢，我不知道该笑还是该哭。德·拉梭小姐很了解大夫。第二天，我对她说：‘小姐，如果大夫把你的话当真，你怎么办？’她回答说：‘我就遵守我的诺言，但是这样的事情是不会发生的。我的表示不可能为一个像他那样的人所接受……’‘为什么不可能？我想，如果我是大夫的话，我会希望爱情随之而来的。’‘是的，但如果你是大夫的话，我德·拉梭小姐就不会提这种建议了。’”

“翻译休谟的作品并未给她挣来多少钱。荷兰人替你印书，只要不问他们要钱，你要印多少他们就给你印多少。”

“这对我们倒是好事。因为在我们这儿，思想言论本来就有种种障碍，一旦荷兰人想到付钱给作家的话，他们就会把书店的一切买卖都揽到他们那儿去了。”

“我们劝她写一本消遣作品，可能不会得名，但能获利。她写了四五个月，写出一本历史小说，书名是《三个女宠臣》。这部小说文体轻松，细致有趣。但是，她这个人没有坏心眼，感觉不出她的作品这儿那儿有着一些讽刺的话，很可以用来影射国王的情妇蓬巴杜尔夫人。我老老实实告诉她，不管她作什么牺牲，把这些段落改得温和些或者把它们删掉，这部作品出版后，不可能不替她惹祸；即令她忍痛糟蹋一些好东西，她也保不了要忍受另一方面的苦恼。”

“她承认我的看法是正确的，为此而郁郁不乐。好心的大夫事先想到她有什么需要，替她准备得好好的。但她接受他的恩惠时很有保留，她不愿意有一天要如他所希望的那样，报答他的恩情。而且，那时候，大夫不富有，他不是一个会挣钱的人。她时不时打开她的书包，拿出她的手稿，阴郁地对我说：‘唉！我无法处理它，只好让它待在这里。’我对她提出一个很奇怪的建议，这就是：保留原来的样子，不去改得温和些，不改动一个字，把它寄给蓬巴杜尔夫人，同时给她写一封信，把寄稿这事通知她。她觉得这意见很不错。她写了一封信，这封信从各方面看来都是很可爱的，特别是从它的口气看来，谁也不能不承认她的话是实实在在的。两三个月的时间过去了，什么消息也没有。正在她以为这尝试不会有什么结果的时候，一个胸前挂着圣路易十字勋章的人来到她家，带来侯爵夫人的复信。她恰如其分地赞赏这部作品，对作者的牺牲表示感谢。她同意有些地方可以用来影射她这种说法，但她并不因此而生气。她请作者去凡尔赛宫，说要向她当面表示感谢，答应在自己能力范围内为她效劳。来人离开德·拉梭小姐家时，很巧妙地在壁炉架上放下五十个金路易。”

“大夫和我劝她利用蓬巴杜尔夫人的好意。但是，我们要对付的是一个优点很多而又谦虚胆小的女人。她提出，怎么能够穿一身破衣服去凡尔赛宫？大夫立刻替她解决这个难题。衣服的问题解决了，她又有第二个借口，随后又有别的借口。她把到凡尔赛宫去的事情一天一天推下去；这样日子一久，要去也不合适了。有好一段时间，我们也不和她谈这件事；忽然，原来的使者又来了，送来第二封信，信里用亲切的口吻责备她。使者和第一次一样，含蓄地又留下五十金路易的赏赐。蓬巴杜尔夫人这个宽大仁慈的行为并未为人所知。我和高兰先生谈过这事，他是她的亲信，是替她分送秘密赏钱的人。他对这事也一无所知，我相信这不是和她一起长埋地下的惟一事情。”

“就是这样，德·拉梭小姐两次错过机会，没有把自己从穷困中解脱出来。”

“这以后，她搬到巴黎郊区去，我就没见过她了。关于她最后几年的生活，据我所知，她经受了一系列的愁苦、疾病和贫穷。她的父母一直顽固，不许她回去。她恳求过那些非常热心于迫害她的宗教圣人，请他们替她向父母求情，但毫无结果。”

“这是常规。”

“大夫并未放弃她。她潦倒不堪，死在一间顶楼里。至于圣依亚香特路的狠毒东西，她惟一爱过的人，在蒙彼利埃或图卢兹行医，生活富裕。他有点名气了，这是一个善于应付环境的人应得的名气；他享有诚实君子的称号，这是他盗窃得来的称号。”

“但是，这也差不多是常规。有一个善良诚实的达尼埃，上帝就给他送来一个像雷梅那样的女人；有一个善良诚实的德·拉梭小姐，她就被分配到一个像加岱耶那样的男人，其目的是为了使一切都安排得十全十美。”

但是，也许有人会对我说：只根据一个行为便对一个人的性格作出评定，未免太快了些；用这样严格的标准来衡量人，世界上好人就没有多少，一定比基督教福音书认为可以上天堂去的选民还要少得多；一个人在爱情上不忠诚，以不尊重女性作为骄傲，不一定就是个不道德、不正直的人；我们不能控制自己，无法熄灭燃烧起来的爱火或使爱情死灰复燃；家庭里和街道上已经有了许许多多的人名副其实地称得上恶棍，用不着无中生有、凭空虚构一些罪恶，无穷尽地增加罪恶的数目。有人会问我，曾否毫无道理地玩弄过、欺骗过、抛弃过一个女人？如果我回答这些问题，我的答复不会不遭到反驳的，这样就要产生一场直到世界末日也结束不了的争论。但是，为骗子和负心汉辩护的先生们，请你们先扪心自问一下，然后告诉我，你们愿不愿意把图卢兹的大夫当朋友？……你们迟疑不答？这就一切都明白了。说到这里，我向上帝祷告，祈求它以它的圣灵保佑那些将要偶然为你们看中、受你们殷勤对待的女人们。

Denis Diderot
Le neveu de Rameau

图书在版编目(CIP)数据

拉摩的侄儿/(法)德尼·狄德罗著;袁树仁,吴达元译;罗芃主编.—上海:上海译文出版社,2021.3
(狄德罗文集)
ISBN 978-7-5327-8405-9

Ⅰ.①拉… Ⅱ.①德…②袁…③吴…④罗… Ⅲ.①长篇小说—法国—近代 Ⅳ.①I565.44

中国版本图书馆 CIP 数据核字(2021)第 020123 号

拉摩的侄儿 Le neveu de Rameau	Denis Diderot [法]德尼·狄德罗 著 袁树仁 吴达元 译 罗芃 主编	出版统筹 赵武平 责任编辑 李月敏 装帧设计 尚燕平

上海译文出版社有限公司出版、发行
网址:www.yiwen.com.cn
200001 上海福建中路 193 号
杭州宏雄印刷有限公司印刷

开本 890×1240 1/32 印张 5.25 插页 6 字数 80,000
2021 年 6 月第 1 版 2021 年 6 月第 1 次印刷

ISBN 978-7-5327-8405-9/I·5156
定价:45.00 元